Charles Dickens
Das Heimchen am Herd

SEVERUS Verlag

Dickens, Charles: Das Heimchen am Herd. 2014
Neuauflage der Ausgabe von 1845
ISBN: 978-3-95801-161-8

Umschlaggestaltung: SEVERUS Verlag

Bibliografische Information der Deutschen Nationalbibliothek: Die Deutsche Nationalbibliothek verzeichnet diese Publikation in der Deutschen Nationalbibliografie; detaillierte bibliografische Daten sind im Internet über https://dnb.de abrufbar.

Der SEVERUS Verlag ist ein Imprint der Bedey & Thoms Media GmbH, Hermannstal 119k, 22119 Hamburg

---

SEVERUS Verlag, 2014
http://www.severus-verlag.de
Gedruckt in Deutschland

Charles Dickens

Das Heimchen am Herd

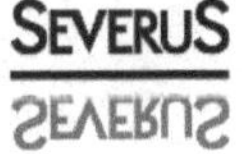

Erstes Gezirpe

Der Teelöffel fing zuerst an. Wendet mit nur nicht ein, was Mrs. Peerybingle etwa gesagt haben mag, denn ich weiß es besser. Mrs. Peerybingle kann's urkundlich bestätigen, dass sie nicht wusste, wer von beiden angefangen hat; aber ich behaupte, der Kessel fing an. Ich muss es doch hoffentlich wissen! Der Kessel hat angefangen just fünf Minuten, bevor das Heimchen zu zirpen anhub, denn die kleine Wanduhr mit dem lackierten Zifferblatt in der Ecke bestätigt es.

Als ob die Glocke nicht zu Ende geschlagen und der krampfhaft zuckende kleine Heumäher oben darauf, der von dem maurischen Palaste mit seiner Sense hin und herhaut, nicht wenigstens einen halben Morgen ungewachsenen Grases niedergemäht hätte, bevor das Heimchen überhaupt in den Lärm einstimmte.

Nicht wahr, ich bin gewiss von Natur aus nicht zanksüchtig; dies Zeugnis gibt mir jedermann. Ich würde gewiss nicht der Mrs. Peerybingle gegenüber auf meiner Meinung bestehen, wenn ich nicht in jeder Beziehung davon felsenfest überzeugt wäre. Kein Mensch unter der Sonne würde mich dazu bewegen, wenn es sich nicht hier darum handelte, eine Tatsache zu erhärten, und Tatsache ist es, dass der Teelöffel zuerst anfing, und zwar wenigstens fünf Minuten bevor das Heimchen überhaupt ein Lebenszeichen von sich gab. Wollt ihr mir aber widersprechen, so behaupte ich gar, es seien zehn Minuten gewesen. Lasst mich haarklein erzählen, wie es kam. Ich hätte es eigentlich gleich von Anfang an tun und vorausschicken sollen, allein ich hatte meinen Grund dazu, dass ich's nicht tat. – Wenn ich eine Geschichte erzählen soll, so muss ich mit dem Anfang anheben; und wie ist es möglich, mit dem Anfang anzuheben, wenn ich nicht gleich mit dem Kessel beginne?

Ihr müsst nämlich wissen, es erscheint mir just wie eine Art Wetteifer oder wie ein musikalischer Wettkampf der Geschicklichkeit, was zwischen dem Kessel und dem Heimchen stattfand. Und was dazu führte, und wie es dabei herging, war in Kürze folgendes:

Als Mrs. Peerybingle in die unangenehme Abenddämmerung hinausging und über die nassen Steine in einem Paar Holzschuhen hinklapperte, die unzählige rohe Abdrücke des ersten Lehrsatzes von Euklid über den ganzen Hof hin verbreitete, füllte Mrs. Peerybingle am Brunnen den Teekessel mit Wasser. Gleich danach kehrte sie ins Haus zurück, doch nach Abzug der Holzschuhe; aber der Abzug war gar kein unbedeutender, denn die Holzschuhe waren hoch und Mrs. Peerybingle war von Natur aus etwas klein ausgefallen. Jetzt setzte sie den Kessel zum Feuer, aber sie verlor dabei ihre gute Laune oder verlegte sie wenigstens auf einen Augenblick, denn das Wasser – das von unbehaglicher Temperatur und in jenem eisigen, beißenden, stechenden, unheimlichen Zustande war, in dem es Stoffe aller Art und selbst hölzerne Überschuhe zu durchdringen scheint – war mit Mrs. Peerybingle Zehen in Berührung gekommen und sogar an ihren Waden empor gespritzt. Und wenn man sich nun – und zwar mit Fug und Recht – etwas auf seine Waden zugute tut, und hinsichtlich der Strümpfe auf Reinlichkeit und Anstand hält, so mag dies wohl für einen Augenblick einen etwas aus der Laune bringen.

Außerdem war der Kessel gar eigensinnig und widerspenstig. Er wollte sich durchaus nicht an den Kaminhenkel hängen lassen; er wollte sich gar nicht dazu verstehen, sich gutwillig in die Kohlenstücke zu schicken; er wollte durchaus wie ein Betrunkener vorn überkippen und – ein wahrer Tölpel von einem Teekessel – durchaus auf den Herd tröpfeln. Er war händelsüchtig und zischte und spuckte mürrisch ins Feuer. Das Ärgste aber war, dass der Deckel, nachdem er lange Mrs. Peerybingle Fingern Widerstand geleistet hatte, zuerst einen Purzelbaum schlug und dann mit einer scharfsinnigen Hartnäckigkeit, die einer bessern Sache wert gewesen wäre, seitwärts in den Kessel plumpste und bis auf den Boden hinuntersank. Meiner Treu, der Rumpf des Royale George hat sich nicht halb so sehr gesperrt, wie man ihn aus den Wellen zog, als der Deckel dieses Teekessels gegen Mrs. Peerybingle, ehe sie ihn wieder heraufbekommen konnte. Und selbst dann schaute der Kessel mürrisch und eigensinnig drein; er streckte mit wahrhaft herausfordernder Miene seinen Handgriff Mrs. Peerybingle entgegen und drehte ihr recht spöttisch und bösartig die Schnauze zu, als ob er sagen wollte:

„Ich will nicht sieden; nichts soll mich dazu bringen!" Mrs. Peerybingle hatte aber inzwischen ihre gute Laune wiedergewonnen, rieb ihre dicken frierenden Händchen aneinander, setzte sich hart vor dem Kessel nieder und lacht gutmütig. Indessen züngelte die gutmütige Flamme auf und ab, und warf ihr flackerndes Licht auf den kleinen Heumäher oben auf der Holländer Uhr, bis man hätte glauben sollen, er stehe stocksteif vor seinem Mohrenschlosse, und es bewege sich nichts als die Flamme.

Und dennoch bewegte er sich, und schüttelte sich zweimal in der Sekunde ordentlich krampfhaft. Seine Leiden aber, wenn die Uhr schlagen sollte, waren fürchterlich anzuschauen, und wenn gar ein Kuckkuck aus einer Falltür im Mohrenschlosse hinausschaute und sechsmal seinen Ruf erschallen ließ, schüttelte es ihn jedes Mal wie eine Geisterstimme – oder wie Drahtnadeln, die ihn in die Waden stachen.

Erst wenn sich die heftige Bewegung und ein knarrender Lärm in den Gewichten und Schnüren unter ihm ganz gelegt hatte, schien sich dieser erschreckte Heumäher wieder zu erholen. Auch hatte er sich nicht ohne Grund so entsetzt, denn diese knarrenden Knochengerippe von Uhren sind höchst misstönig in ihren Verrichtungen, und ich muss mich ordentlich wundern, wie eine Menschenklasse, am meisten aber den gemütlichen Holländern, der Einfall kommen konnte, etwas Derartiges zu erfinden. Denn es ist eine allgemeine Annahme der Leute, dass die Holländer geräumige Hülsen und Bekleidung für den untern Teil ihres werten Selbst lieben, und sie hätten wahrlich etwas Besseres tun können, als ihre Uhren so ganz bloß und unbeschützt zu lassen.

Ihr müsst bemerken, dass der Teekessel gerade jetzt anfing, sich seine Abendvergnügungen zu machen. Jetzt erst begann der Kessel melodisch und singlustig zu werden, räusperte sich auf eine unaussprechliche Weise in der Kehle und hustete und schnarchte in kurzen, hellen Tönen, die er von Zeit zu Zeit wieder im Kehlkopf erstickte, als ob er wirklich noch nicht ganz mit sich im reinen sei, ob er lustig und guter Dinge werden solle oder nicht. Nachdem er aber noch ein paar vergebliche Versuche gemacht hatte, seine frohe Laune zu unterdrücken, entschlug er sich alles

Trübsinn, aller Zurückhaltung und brach in ein so kosendes fideles Liedchen aus, wie es die begeisterte Nachtigall nie zu erfinden imstande gewesen wäre.

Das Liedchen war deutlich genug! Meine Treu, man hätte es verstehen können, wie ein Buch – ja vielleicht noch besser als manche Bücher, die ihr und ich namhaft machen könnten. Er blies seinen warmen Atem in einer seinen, leichten Wölkchen aus, das lustig und anmutig ein paar Fuß in die Höhe zog und dann um die Kaminecke hin, als wäre das sein heimatliches Firmament; er jodelte sein Lied mit solcher Kraftäußerung von Heiterkeit; dass sein eiserner Leib über dem Feuer brummte und wackelte, und sogar der Deckel selbst, der noch soeben so widerspenstig gewesen war, – von dem guten Beispiele auf bessere Grundsätze gebracht – eine Art Tanz aufführte und klapperte wie ein taubstummes, junges Becken, das sein Lebtag noch nicht erfahren hat, wozu es einen Zwillingsbruder braucht.

Es konnte gar keinen Zweifel obwalten, dass dieses Liedchen des Kessels ein willkommenes Lied und eine Einladung für jemanden war, der sich zurzeit noch draußen unter freiem Himmel befand – für jemanden, der in diesem Augenblick dem niedlichen kleinen Häuschen und knisternden Feuer zusteuerte. Mrs. Peerybingle verstand es auch vollkommen, wie sie so gedankenvoll hier vorm Herde saß.

Es ist eine düstere Nacht, sang der Kessel, und die welken Blätter liegen am Wege; und droben ist alles Nebel und Finsternis und am Boden alles Schlamm und Schmutz, und dies hier ist der einzige Trost in der düstern, dicken Luft und ich weiß nicht einmal, dass es nur einer ist, denn es ist nur ein Fleck von dunklem, zürnenden Rot, wo die

Sonne und der Wind miteinander den Wolken gewissermaßen ein Brandmal aufdrücken, dass sie so abscheuliches Wetter gebracht haben. Und das weiteste, offene Land ist nur ein trüber, langer Streifen von unheimlichem Schwarz; auf dem Wegzeiger glänzt der Reif, und Glatteis blinkt auf den Wegen. Und das Eis ist nicht Wasser, und das Wasser ist nicht fei; und kein Mensch könnte sagen, dass irgend etwas so wäre, wie es eigentlich sein sollte, … aber er kommt, er kommt, er kommt! –

Und hier erst, wenn ihr mir's erlaubt, fiel das Heimchen mit in den Gesang ein und zwar mit einem so lauten zirp, zirp, zirp, das wie ein Chor klang – mit einer so wunderbaren, unverhältnismäßig lauten Stimme, wenn man seine Größe mit der des Kessels verglich (seine Größe? konnte man es denn sehen?), dass wenn es hie und da geplatzt wäre, wie eine überladene Flinte, wenn es als Opfer seines kleinen Körper in fünfzig Fetzen auseinandergezirpt hätte, – dies nur eine natürliche und unvermeidliche Folge geschienen hätte, der das Tierchen gleichsam mit Gewalt entgegengearbeitet hätte.

Der Sologesang des Kessels hatte nun ein Ende; er fuhr zwar mit unvermindertem Eifer zu singen fort, aber das Heimchen spielte jetzt die erste Violine und führte sie auch durch. Du lieber Gott, wie es zirpte! Sein schrilles, helles, Mark und Bein durchdringendes Stimmchen scholl durch das ganze Haus und schien noch durch die dunkle Nacht draußen zu blinken wie Sternenlicht. Und wenn es am lautesten war, lag ein unbeschreibliches Frohlocken und ein Tremolo darin, dass man fast vermuten mochte, es springe vor Freude und vor eigenem inneren Enthusiasmus in die Höhe und tanzte auf dem Herde herum. Doch stimmten sie beide recht gut zusammen, das Heimchen und der Kessel. Der Kehrreim des Liedes blieb immer derselbe; nur sangen sie ihn in ihrem Wetteifer immer lauter und lauter. Die hübsche kleine Horcherin – denn hübsch war sie und jung ebenfalls, obwohl etwas von der drallen Art, doch das ist in meinen Augen kein Fehler – zündete jetzt ein Licht an, blickte jetzt auf den Heumäher oben auf der Holländischen Uhr, der eben eine tüchtige Ernte von Minuten einbrachte und blickte aus dem Fenster, wo sie freilich wegen der herrschenden Dunkelheit nichts sah; aber ihr eigenes Gesichtchen spiegelte sich wenigstens im Glase. Und meine Ansicht ist (und wahrscheinlich wäret ihr mit mir darin einverstanden gewesen), dass sie sich hätte weit umsehen müssen, um etwas so Niedliches zu sehen, wie ihr Gesicht war.

Als sie vom Fenster zurückkehrte und sich wieder auf ihr voriges Plätzchen setzte, sangen Heimchen und Kessel noch mit einer wahren Wut im Wettkampf ihr Liedchen fort. Der Kessel fehlte nur etwa darin, dass er nicht wusste, wann er den kürzeren zog.

Es lag die ganze Aufregung eines Wettrennens in diesem Wetteifer, zirp, zirp, zirp! sang das Heimchen eine Meile voran. Hum, hum, hum-m-m, brummte der Kessel aus der Ferne wie ein großer Brummkreisel. Zirp, zirp, zirp! rief das Heimchen aus der Ecke. Hum, hum, hum-m-m, brummte ihm der Kessel auf seiner Weise zu, und denkt noch gar nicht daran, ihm das Feld zu räumen. Zirp, zirp, zirp, pfeift das Heimchen frischer als je. Hum, hum, hum-m-m, summt der Kessel langsam und beharrlich. Zirp, zirp, zirp, kreischte das Heimchen und schien es ordentlich darauf anzulegen, den Kessel aus dem Felde zu schlagen. Hum, hum, hum-m-m, murrt der Kessel hinterdrein, der sich nicht zum Schweigen bringen lassen will; bis sich beide in der Eile und dem Saus und Braus des Eifers so anstrengen, dass dazu ein klarerer Kopf als der eurige oder der meinige gehört haben würde, um mit einiger Gewissheit zu entscheiden, ob der Kessel zirpte und das Grillchen summte, oder ob beide zirpten und beide summten.

Soviel ist übrigens ganz gewiss, dass der Kessel und das Heimchen in demselben Augenblick und infolge derselben Wahlverwandtschaft, die sie selbst beide am besten kennen werden, je ihren traulichen, behaglichen Gesang einem Streifen Lichtschimmer zusandten, der durchs Fenster und ein gutes Stück weit in die Gasse hineinschien. Und dieser Lichtschimmer, der auf eine gewisse Person fiel, die in diesem Augenblick durch die Finsternis draußen darauf zuging, erklärte im Nu das Ganze und rief buchstäblich und in hellem Ton: „Willkommen daheim, alter Junge! willkommen zu Hause, mein Freund!"

Wie sie diesen Zweck erreicht hatten, sprudelte der aus dem Felde geschlagene Kessel über, und er ward vom Feuer genommen. Mrs. Peerybingle lief dann eilends der Tür zu, jenseits der über dem Räderknarren eines Karrens, dem Getrappel eines Pferdes, der Stimme eines Mannes, dem freudigen Knurren und Hin- und Herrennen eines erfreuten Hundes und der unerwarteten geheimnisvollen Erscheinung eines Wickelkindes alsbald der leibhaftige Teufel los zu sein schien.

Woher der Säugling kam, oder wie ihn Mrs. Peerybingle in diesem Nu auf einmal auf den Arm bekommen hatte, weiß ich nicht. Soviel aber ist gewiss, dass sie einen lebendigen Säugling in den Armen hielt und nicht wenig stolz darauf zu sein schien, als sie eine vierschrötige Mannesgestalt, viel größer und weit älter als sie selbst, zum Feuer zog. Ja wahrhaftig, der Mann war groß, denn er musste sich ziemlich tief bücken, um sie küssen zu können. Es war aber auch der Mühe wert, ihr eine Kuss zu geben; ein Bursche von sechs Fuß sechs Zoll hätte es getan, auf die Gefahr hin, einen Hexenschuss davon zu bekommen. „Ei du liebe Zeit, John!“ rief Mrs. Peerybingle; „in was für einem Zustande kommst du heute nach Haus, bei diesem Wetter?“

Es war freilich nicht zu leugnen, dass er schlimm genug zugerichtet war. Der dicke Nebel hing wie gefrorener Tau in Klümpchen in seinen Wimpern, und zwischen Nebel und Feuer schillerten Regenbogen in seinem Backenbart.

„Je nun, sieh, Dot!“ versetzte John ebenso langsam als er ein langes Tuch von seinem Halse abwickelte, und wärmte sich dann die Hände am Feuer; – „je nun, Dot, wir haben heute auch kein Sommerwetter und so darf dich's nicht wundern!“ „Es wäre mir lieber, du nenntest mich nicht mehr Dot, John! Der Name gefällt mir nicht!“ erwiderte Mrs. Peerybingle und schmollte dabei auf eine Weise, die offenbar zeigte, dass sie es sehr gerne leiden mochte.

„Aber was bist du denn sonst?“ meinte John, der zu ihr mit freundlichem Lächeln herabschaute und ihr einen so leichten Schlag auf die Hüfte gab, als seine plumpe Hand und schweren Arme erlaubten; – „ein Punkt und“ – dabei blickte er auf den Säugling – „ein Punkt und ein Pünktchen – ich wollte es eigentlich nicht sagen, denn ich fürchte fast, ich ärgere dich, und da hätt' ich fast einen Witz gemacht – ja wahrlich, ich wüsste nicht, dass ich je näher daran gewesen wäre ...“ Er war oft daran, wie er selbst sagte, einen Witz oder sonst einen gescheiten Streich zu machen, dieser vierschrötige, gemächliche, ehrliche John; jawohl, der wackere Bursch war so schwerfällig von Wesen, wie leicht und heiter von Gemüt, so rau von Außen und doch so wacker und sanft im Innern, so schwerfällig und plump an der Oberfläche, und doch innen so lebhaft und so zartfühlend, so altgebacken von außen und doch im Herzen so gutmütig! O Mutter Natur, gib allen deinen Kindern die wahre Poesie des Herzens, die an dieses armen Kärrners Brust verborgen lag – denn John war beiläufig gesagt, nur ein Frachtfuhrmann – und wir wollen es alsdann gerne hinnehmen, dass sie in Prosa reden und ein prosaisches Leben führen, und sei alsdann versichert, dass wir dich für ihren Umgang segnen werden!

Man konnte nichts hübscheres sehen als Dot mit ihrer kleinen, runden Gestalt und ihrem Säugling auf dem Arme – eine wahre Puppe von einem Kinde. Mit kokettem Nachdenken schaute sie ins Feuer und neigte ihr feines, zartes Köpfchen just so weit auf die eine Seite, um es auf eine gar seltsame, halb natürliche, halb gezierte aber gar trauliche und anmutige Weise an der vierschrötigen Schulter des Kärrners ruhen zu lassen. Und lieblich war es anzusehen, wie er sich mit seiner täppischen Zärtlichkeit Mühe gab, der zarten Last seine ungeschlachte Gestalt als Stützpunkt unterzuschieben und aus seinem männlichen, riesigen Körper einen passenden Stab für ihre blühende Jugend zu machen. Es war ferner gar lieblich anzuschauen, wie Tilly Döskopp, die lang aufgeschossene hagere Dirne, die kaum die Kinderschuhe zertreten zu haben schien, im Hintergrund auf den Säugling wartete und ein besonderes Augenmerk auf diese Ehestandsgruppe richtete; das Mädchen sperrte Mund und Augen weit auf, hing den Kopf vorwärts, und stierte drein, als ob es die drei Wesen vor sich aufschnappen wollte. Und einen ebenso lieblichen Anblick gewährte es, zu sehen, wie John der Kärrner, als Dot ihn auf den vorerwähnten Kleinen aufmerksam machte, behutsam die Hand zurückzog, womit er den kleinen John hatte berührten wollen, als ob er sich fürchte, er möchte das Dingchen zerbrechen, und wie er sich dann bückte und es aus wohlbedachter Entfernung anschaute, wie mit einer Art verlegenen Stolzes – etwa gerade so, wie ein zahmer Haushund sich etwa gebärden möchte, wenn er sich eines Tages als Vater eines jungen Kanarienvogels sähe.

„Ist er nicht allerliebst, John?“ fragte Dot lächelnd; „sieht er nicht köstlich aus in seinem Schlaf?“

„Sehr köstlich,“ versetzte John; – „über die Maßen köstlich, er schläft wohl beständig, nicht wahr?“

„Du lieber Gott John! Ei du meine Güte! warum nicht gar?“ rief Dot verwundert und blickte John fast tadelnd ins Gesicht.

„Ach so!“ sagte John nachdenklich, „ich meinte nur, er habe immer die Augen geschlossen. – Holla!“

„Ei du meine Güte!“ rief Dot, „wie magst du mich so erschrecken!“

„Es tut dem Kinde nicht gut, wenn es die Augen auf diese Weise verdreht, nicht wahr?“ fragte der Kärrner verwundert, „sieh nur, wie es mit beiden zugleich zwinkert. Ei ei, es schnappt ja gerade wie ein Goldfischchen.“

„Du bist gar nicht wert, dass du ein Vater bist – gewiss nicht“ , sagte Dot, und gab sich ganz die Würde einer erfahrenen Matrone, – „aber wie solltest du dich auch darauf verstehen, was so `nem armen Kinde eigentlich fehlt, John. Du verständest dich ja nicht einmal auf die Namen der Krankheiten, du einfältiger Bursch!“

Damit legte sie das Kind vom rechten auf den linken Arm herüber, tätschelte es zur Stärkung auf dem Rücken und kneift dann lachend ihrem Mann ins Ohr.

„Nein wahrscheinlich!“ rief John, und zog seinen Überrock herunter; – „du hast ganz recht, Dot, ich verstehe mich nicht sonderlich darauf. Ich weiß nur, dass ich heute Abend recht tüchtig vom Winde zu leiden hatte, auf dem ganzen Heimwege hat es aus Nordost gepfiffen, gerade in den Wagen herein!"

„Wirklich? ... Du armes Männchen!" rief Mrs. Peerybingle und entfaltete plötzlich eine überraschende Tätigkeit. „Komm, Tilly, nimm den lieben Kleinen hier, dass ich selbst Hand anlegen kann. Du lieber Gott, ich könnte das Würmchen zu Tode küssen, meiner Treu, das könnt' ich. Leg dich, Hundchen! fort Boxer, törichter Bursch! Lass mich nur erst den Tee machen, John, dann will ich dir bei den Paketen helfen, wie eine fleißige Biene – „Wie macht's die kleine Biene" u.s.w., das ganze Liedchen hindurch, du kennst es ja schon, John! hast du auch das Liedchen: „Wie macht's die kleine Biene" auswendig lernen müssen, John, als du noch in die Schule gingst?"

„O ja, aber nicht so, dass ich's auswendig konnte," versetzte John, „doch war ich einmal nahe daran. Aber ich hätte es nur verschlechtert, glaube ich."

„Ha, ha, ha" , lachte Dot herzlich.

Sie hatte das anmutigste und ansteckendste Gelächter, das man weit und breit hören konnte. „Was für ein liebes, altes, kurioses Dummchen du doch bist, John! Ja wahrlich, das bist du." John hatte nichts dagegen einzuwenden, sondern ging hinaus, um nachzusehen, ob der Stallbube, der wie ein Irrlicht mit der Laterne vor dem Hause hin und her tanzte, sich auch des Pferdes recht annähme, das fetter war, als ihr mit glauben würdet, wenn ich euch sein Maß angäbe und so alt, dass sich sein Geburtstag in nebelgrauer Ferne verlor.

Boxer, der Haushund, sprang in dem Bewusstsein, dass seine Aufmerksamkeit der Familie im allgemeinen zustünden und dass er sie daher zwischen den verschiedenen Gliedern möglichst unparteiisch austeilen müsse, mit keuchender Geschäftigkeit und unsinniger Unbeständigkeit ein und aus: jetzt beschrieb er bellend einen Kreis um das Pferd, das eben an der Stalltür abgerieben wurde, dann nahm er einen Anlauf, um wie wütend auf seinen Herrn loszuspringen, hielt aber mitten im Anlauf plötzlich an; dann entlockte er der kleinen Tilly Döskopp einen Schrei des Schreckens, wenn er ihr, die auf dem niedern Kinderstuhle beim Feuer saß, plötzlich seine nasse, kalte Nase im Gesicht abrieb, dann schien er sich wieder auf höchst zudringliche Weise um den kleinen Säugling bekümmern zu wollen, oder strich um den Herd herum und legte sich vor ihm nieder, als ob er hier schon für die ganze Nacht sein Obdach gewählt hätte, alsdann aber sprang er plötzlich wieder auf und trug das Stümpfchen seines Schweifes in die kalte Nachtluft hinaus, als ob er sich eben eines Stelldicheins erinnere und aus Leibeskräften davoneilte, um es ja nicht zu versäumen.

„Komm, da steht schon die Teekanne auf dem Herde fertig," rief Dot und tummelte sich so rüstig wie ein Kind, das in seiner Puppenküche spielt, – „und da ist das kalte Schinkenbein, und hier ist die Butter und hier ist das krustige Brotlaib – es ist schon alles beieinander. Hier ist auch ein Handkorb für die kleinen Pakete, John, wenn du solche mitgebracht hast – wo steckst du denn, John? Lass mir ja das liebe Kind nicht unter den Herdrost fallen, Tilly, ich rate dir's."

Wir müssen hier einschieben, dass Miss Döskopp, wiewohl sie diese Warnung mit ziemlich lebhafter Entrüstung von sich wies, doch gar ein absonderliches und überraschendes Talent besaß, das Wohl dieses Säuglings zu gefährden, und dass sie schon zu verschiedenen Malen des Kindes kurzes Dasein auf ihre eigentümliche ruhige Weise in Gefahr gebracht hatte.

Besagtes junges Frauenzimmer war von hagerer, hochaufgeschossener Gestalt, so dass ihre Kleider beständig Gefahr zu laufen schienen, von den Spitzenpflöcken ihrer Schultern herabzufallen, woran sie lose hingen. Ihre Kleidung war besonders merkwürdig, weil sich überall und bei jeder möglichen Gelegenheit ein gewisses, flanellenes Kleidungsstück von eigentümlicher Konstruktion teilweise zutage drängte, und weil sie in der Gegend des Rückens beständig eine Art Korsett oder ein paar Schnürbänder von verschossener grüner Farbe sichtbar werden ließ. Weil sie sich über alles mögliche wunderte, und überdies beständig in beschauliche Betrachtung der Vorzüge ihrer Herrin und des kleinen Säuglings vertrieft schien, sperrte Miss Tilly Döskopp beständig Mund und Nase auf.

Wiewohl nun zwar diese kleine Verirrungen ihrer Urteilskraft ihrem Kopf und Herzen gleichviel Ehre brachten, so schien dies für den Kopf des Kleinen doch nichts weniger als ersprießlich, weil sie Veranlassung waren, dass dieser zuweilen mit Haustüren, Schränken, Treppengeländer, Bettpfosten und andern fremdartigen Gegenständen in nichts weniger als sanfte Berührung kam. Allein man musst diese kleinen Verstöße Tillys nachsichtig beurteilen, denn sie waren nur die schnurgeraden Folgen ihrer fortwährenden Verwunderung darüber, dass sie hier eine so wohlwollende Behandlung und eine so gemächliche Unterkunft genoss. Vater und Mutter, die Miss Tilly Döskopp ins Dasein gerufen hatten, vermag uns die Geschichte nicht zu nennen, denn Tilly war auf Kosten wohltätiger öffentlicher Anstalten erzogen worden, da sie ein Findling war.

Aber obgleich dieses Wort ebensoviel Buchstaben hat wie „Liebling“ , so bezeichnet es doch etwas ganz anderes dem Sinn und dem Wasen nach. Wenn ihr gesehen hättet, wie die kleine Mrs. Peerybingle mit ihrem Gatten zurückkam, wie sie an dem Handkorbe schleppte und sich die größte Mühe gab, dabei doch nichts zu tun (denn er trug ihn ja allein), so würdet ihr euch fast ebenso sehr gefreut haben, wie John selbst. Schien es ja doch selbst dem Heimchen Vergnügen zu machen, das auf einmal in ein recht lustiges, heftiges Zirpen ausbrach.

„Juchhe!“ rief John in seiner gemächlichen Weise, – „mir scheint, unser Heimchen ist heute Abend lustiger als je.“

„Gewiss bedeutet das Glück für uns, John!“ rief Dot lustig; – „es ist noch von jeher eingetroffen. Ein Heimchen auf dem Herde zu haben ist gewiss das glücklichste Ding auf der ganzen Welt!“

John schaute sie jetzt an, als wenn ihm der Gedanke gekommen wäre, sie sei sein bestes Heimchen, und er stimmte ihrer Ansicht unbedingt bei. Vermutlich wollte er aber nicht wieder beinahe einen Witz machen, denn er schwieg mäuschenstille. „Weißt du, noch John,“ sagte Dot, „wie ich das erstemal den heitern Gesang des lieben kleinen Geschöpfs hörte? . .. Es war just an dem Abend, wo du mich hierher, in deine Behausung brachtest, wo du mich hier als die kleine Gebieterin deines kleinen Hauswesens einführtest! Es wird nun bald ein Jahr sein. Denkst du noch daran, John?“

Ei freilich erinnerte er sich noch, wie hätte er das vergessen haben sollen.

„Das Zirpen des Heimchens war ein wahres Willkommen für mich!“ fuhr Dot fort; „es schien mit ordentlich

Hoffnung und Ermutigung einflößen zu wollen. Es war mir, als sage das Tierchen, du wollest gut und artig gegen mich sein, und erwartetest gar nicht (wie ich damals zuweilen befürchtet hatte), einen alten Kopf auf dem Rumpfe eines närrischen kleinen Weibchens zu finden."

John klopfte sie gedankenvoll auf die eine Schulter und dann auf den Kopf, als wollte er sagen: „Nein, nein, ich hatte gar nie eine solche Erwartung gehegt, und war recht froh, dass ich Kopf und Schultern bekam, wie sie sind." – Und er hatte in der Tat recht, denn sie waren beide sehr hübsch.

„Es hat auch wirklich die Wahrheit gesprochen, John, wie es das zu sagen schien!" hub Dot von neuem an, – „denn du warst gegen mich immer der beste, der zärtlichste und nachsichtigste Gatte. Das Häuschen hier war eine recht liebe, glückliche Heimat für mich, John, und schon aus diesem Grunde bin ich dem Heimchen so gut."

„So geht mir's just auch," sagte der Kärrner, – „ich bin dem Heimchen ebenfalls gut, Dot."

„Ich liebe es um so mehr, weil ich es so gar oft gehört habe, und weil mich seine harmlose niedliche Musik auf so mancherlei Gedanken bebracht hat," fuhr Dot fort, – „wenn ich manchmal in der Dämmerung hier saß und mir so einsam und niedergeschlagen zumute war, John – bevor nämlich das Kind da war, das mir Gesellschaft leistet und muntern Lärmen ins Haus bringt – wenn ich damals dachte, wie verlassen du sein würdest, falls ich sterben sollte, oder wie einsam ich wäre, wenn ich erfahren müsste, dass du aufgehört hättest mich lieb zu haben, – alsdann, liebes Männchen, schien mir sein Zirpen auf dem Herde eine andre Stimme, die mir so süß und sogar teuer war, zu verkünden, vor deren freundlichen Tönen mein Kummer verschwand wie ein Traum. Und wenn ich zuweilen unwillkürlich fürchtete – und ich habe den Gedanken nicht unterdrücken können, John, denn ich war ja noch so jung, wie du weißt – dass unsere Ehe keine glückliche werden möchte, weil ich noch ein solches Kind und du eher mein Vormund als mein Gatte warst, und dass du, wie sehr du dir auch Mühe gabst, mich lieb gewinnen könntest, wie du es hofftest und wie du darum gebetet hast – alsdann hat mich sein freundliches Zirpen wieder aufgeheitert und neu mit Trost und Zuversicht erfüllt. Erst heute Abend dachte ich daran, John, wie ich hier saß und auf dich wartete, und weil mich das Heimchen wieder an alle diese Dinge erinnerte, so liebe ich's jetzt nur um so mehr."

„So geht mir's ebenfalls," entgegnete John; – „aber was fällt dir ein Dot? Wie hätte ich erst hoffen und beten sollen, um dich lieb gewinnen zu lernen? Ich wusste das ja alles längst schon, ehe ich dich hierher brachte, damit du des Heimchens kleine Herrin seiest, Dot!"

Sie legte ihre Hand einen Augenblick auf seinen Arm und blickte ihm mit gerührtem Gesicht in die Augen, als ob ihr etwas auf dem Herzen liege, das sie ihm hätte anvertrauen mögen. Sie verschwieg es aber und kniete schon im nächsten Augenblick vor dem Korb mit den Paketen auf den Boden nieder, wühlte in den kleinen Päckchen und rief in heiterem Tone:

„Du bringst heute Abend nicht viel mit, John, aber ich sah vorhin ein paar größere Ballen hinten auf dem Karren, und wenn sie vielleicht auch mehr Mühe machen, so werden sie doch danach bezahlt, und so haben wir gewiss keinen Grund, darüber zu murren, nicht wahr?" Auch brauche ich nicht erst zu fragen, ob du nicht schon auf dem Herwege einige davon abgeliefert hast?"

„O ja," meinte John; „ich habe ziemlich viele abgegeben." „Ei, was ist den in dieser runden Schachtel?" rief Dot; – „du lieber Gott, John, das ist gewiss ein Hochzeitskuchen!" „So etwas kann gewiss nur ein Frauenzimmer herausbringen!" sagte John voll Bewunderung; – „ein Mann wäre gewiss nie auf diesen Einfall gekommen! Ja wahrhaftig, wenn man einen Hochzeitskuchen in eine Teekiste oder in eine Bettlade, oder in ein Lachsfässchen oder in irgend etwas anderes einpackte, eine Frau würde es gewiss im Augenblick erraten. Nun ja, ich musste ihn beim Pastetenbäcker abholen."

„Und wie schwer er ist! – Ich glaube gar einen ganzen Zentner schwer!" rief Dot, die sich vergebens bemüht hatte, die Schachtel aufzuheben. –

„Wem gehört er denn, John? Wer soll ihn haben?"

„Lies nur die Aufschrift auf der anderen Seite!" sagte John.

„Ist's möglich, John! Ei du liebe Zeit, John!"

„Ja, ja wer hätte das gedacht!" – versetzte John gedankenvoll.

„Du wirst mir doch nicht einreden wollen, John," fuhr Dot fort, die am Boden saß und ihn kopfschüttelnd anblickte, – „dass er für Gruff und Tackleton, den Spielzeughändler, bestimmt ist?"

John nickte bejahend.

Mrs. Peerybingle schüttelte wohl fünfzigmal zweifelnd den Kopf und war in eine stumme mitleidige Bestürzung versetzt; sie verzog dabei ordentlich das Mündchen und zwar mit aller Gewalt (denn ich versichere euch, das Mündchen war gar nicht zum Schmollen eingerichtet), und schaute den Kärrner gedankenvoll und forschend an. Tilly Döskopp aber, die eine besondere maschinenmäßige Gabe besaß, zum Ergötzen des kleinen Säuglings fragmentarische Fetzen eines angehörten Gesprächs zu wiederholen, nachdem sie allen gesunden Menschenverstand umgesetzt hatte, fragte mittlerweile laut das kleine Geschöpf: ob es denn wirklich Gruff und Tackletons, die Spielwarenhändlerchens abholen wolle und ob sein Mütterchen wirklich die Schächtelchen kenne, wenn sein Väterchen sie nach Häusechen brächte? und so fort.

„Und so soll es also wirklich noch dazu kommen?" sagte Dot; – „Du lieber Gott, John, sie und ich sind miteinander in die Schule gegangen!"

Er mochte sich jetzt eben vorstellen oder fast gar vergegenwärtigen, wie sie ausgesehen haben mochte, als sie noch in die Schule ging. Er blickte sie in vergnügter Zerstreuung an, gab aber keine Antwort.

„Und er ist so alt! So ganz und gar dir unähnlich!" fuhr Dot fort; „sag mir nur, John, um wie viel Jahre ist wohl Gruff und Tackleton älter als du, John?"

„Ich möchte wissen, wie viele Tassen Tee ich heute Abend auf einem Sitz mehr trinken müsste, um so Altes herauszukriegen, wenn jede Tasse für vier Jahre zählte!" erwiderte John gutmütig, zog sich dabei einen Stuhl an den runden Tisch heran und machte sich über das kalte Schinkenfleisch her; – „was das Essen anbelangt, so leiste ich freilich nur wenig darin, aber das wenige lass ich mir schmecken Dot!"

Sogar dieser Spaß, seine gewöhnliche Ausrede zur Essenszeit, und eine seiner unschuldigen Lügen (denn sein Appetit war immer der allerbeste und widersprach ihm schnurgerade) rief kein Lächeln auf dem Gesicht seines kleinen Weibchens hervor, das mitten unter den Paketen stand, die Kuchenschachtel langsam mit dem Fuße fortrollte und gar nicht mehr darauf herabblickte, obwohl ihr Auge auf dem niedlichen Schuh ruhte, den sie sonst so sorgsam schonte.

In tiefen Gedanken verloren stand sie da und kümmerte sich weder um den Tee noch um John, obwohl er sie herbeirief und mit dem Messer auf den Tisch klopfte, um sie aus ihrem Nachdenken aufzuwecken, bis er endlich aufstand und sie auf den Arm klopfte. Nun erst schaute sie ihn einen Augenblick an, eilte dann ans Teebrett und lacht über ihre eigne Vergesslichkeit, aber nicht wie sie sonst zu lachen pflegte; die Art und der Ton, wie sie lachte, waren ganz anders.

Das Heimchen hatte ebenfalls ein Zirpen eingestellt, und das Stübchen erschien bei weitem nicht mehr so traulich als zuvor. „Das sind also wohl alle Pakete, John?“ sagte sie und brach damit eine lange Pause ab, die der ehrliche Fuhrmann seither der praktischen Bewährung eines Teils seines Lieblingsspruches gewidmet hatte – dass er sich nämlich tüchtig schmecken ließ, was er aß, wenn man auch nicht zugeben konnte, dass er nur wenig aß. – „Das sind also wirklich alle Pakete, John, nicht wahr?“ „Es sind alle“ , sagte John. – „Doch nein – „da fällt mir eben ein, dass ich . . .,“ er unterbrach sich plötzlich mit einem langen Atemzuge und ließ Messer und Gabel fallen – „da fällt mir eben ein … dass ich den alten Herrn ganz vergessen habe.“ „Was für einen alten Herrn?“ fragte Dot.

„Draußen im Karren“ , gab John zur Antwort. – „Er schlief im Stroh, wie ich ihn das letzte Mal sah. Es ist mir beinahe schon zweimal eingefallen, seit ich heimkam, aber ich habe ihn immer wieder vergessen. – Holla! heda! Ihr dort! Aufgestanden! Wir sind zur Stelle Alter!“

Die letzten Worte rief John draußen vor der Tür, wohin er mit dem Lichte gesprungen war.

Tilly Döskopp mochte denken, es liege irgendein Geheimnis hinter der Erwähnung des alten Herrn versteckt, und verband damit in ihrer getäuschten Phantasie gewisse ehrfurchtsvolle Begriffe. Deshalb fand sie sich aus ihrer Gemütsruhe so aufgestört, dass sie hastig von dem niedern Schemel am Feuer aufsprang und hinter dem Rücken ihrer Herrin Schutz suchen wollte. Wie sie aber an der Tür vorüber ging, stieß sie plötzlich mit einem alten Manne zusammen, gegen den sie sich instinktmäßig mit der einzigen Trutzwaffe, die ihr zu Gebot stand, in Parade auslegte: diese Trutzwaffe war aber zufällig der Säugling, und so brachte ihr Verfahren große Aufregung und Unruhe hervor, die Boxers Scharfsinn womöglich noch vergrößerte. Der wackere Hund hatte nämlich, wie es schien, vorsichtiger als sein Herr, den alten Herrn in seinem Schlafe bewacht, damit er nicht etwa mit ein paar jungen Pappelbäumen, die hinten auf den Wagen gebunden waren, davonlaufe, und hielt noch immer ein wachsames Auge auf ihn, indem er ihn an seinen Gamaschen zauste und ganz verzweifelt nach den Knöpfen schnappte.

„Ihr habt meiner Treu einen merkwürdig guten Schlaf, Sir!“ hub John an, als der Friede wieder hergestellt war; der alte Herr stand nämlich inzwischen entblößten Hauptes und steif und starr mitten im Zimmer: – „Ihr habt so fest geschlafen, dass ich fast auf den Einfall käme, Euch zu fragen, wo Ihr die andern Sechs* (*Alter Herr ist in England ein Spitzname für den Teufel. Die andern Sechs sind aber daher eine Anspielung auf die Sage von den sieben Schläfern) gelassen habt, wenn das nicht ein Witz wäre, den ich nur verderben würde! Aber beinahe,“ setzte der Fuhrmann schmunzelnd hinzu, – „benahe hätte ich einen Witz gemacht!“

Der Fremde, der langes weißes Haar und freundliche, für einen alten Mann noch ziemlich wohlerhaltene Züge von kühnem Schnitt, und dunkle, glänzende, durchdringende Augen hatte, schaute sich lächelnd um und grüßte des Fuhrmanns Weib mit einem ernsten Kopfnicken.

Seine Tracht war höchst seltsam und auffallend – so altväterisch, dass sie längst schon aus der Mode gekommen sein musste. Das ganze Gewand war von brauner Farbe. In der Hand trug er einen großen braunen Knittel oder Art Spazierstock, mit dem er jetzt auf den Boden stieß, dass der Stock auseinander fiel und einen Stuhl bildete, auf dem sich der Alte mit aller Gemütsruhe niederließ.

„Siehst du," sagte der Fuhrmann zu seinem Weibe, – „just so fand ich ihn an der Straße sitzen, starr und steif wie ein Meilenzeiger und fast ebenso taub!"

„Unter freiem Himmel?" fragte das Weibchen.

„Ja, im Freien, und gerade mit Einbruch der Nacht!" erzählte der Kärrner weiter; – „hier Fahrgeld, sagte er, und gab mir achtzehn Pence, dann kroch er in den Wagen und hier ist er nun."

„Er wird doch bald fortgehen, John" , sagte Dot.

Das war aber keineswegs der Fall – der Fremde wollte nur sprechen.

„Wenn Ihr's erlaubt," sagte er milde, – „so lasst mich hier, bis man mich abholt, wie man mit versprochen hat! Lasst Euch nicht stören!"

Mit diesen Worten zog er eine Brille aus einer sehr großen Tasche, und ein Buch aus einer andern, fing stille und eifrig darin zu lesen an und kümmerte sich um den knurrenden Boxer nun kein Haar mehr, als wenn er ein zahmes Lämmchen gewesen wäre.

Der Kärrner und sein Weibchen tauschten einen verlegenen Blick miteinander aus, und da in diesem Augenblick der Fremde zufällig aufschaute, blickte er eines um das andere forschend an und fragte:

„Eure Tochter, guter Freund?“

„Frau“ , gab John zur Antwort.

„Nichte?“ fragte der Fremdling.

„Frau!“ brüllte John.

„Warum nicht gar?“ wandte der Fremde ein; „ist’s Euer Ernst? Sie ist noch sehr jung!“

Dann wandte er sich ruhig wieder ab und las weiter; ehe er zwei Zeilen gelesen haben mochte, unterbrach er sich wieder mit der Frage:

„Euer Kind?“

John bejahte es mit einem gigantischen Kopfnicken; mit Hilfe eines Sprachrohrs hätte dieses „Ja“ nicht deutlicher gebrüllt sein können.

„Mädchen?“ fragte der Alte.

„Junge!“ brüllte John.

„Noch sehr jung, wie?“

Mrs. Peerybingle fiel jetzt ein: „Zwei Monate und drei Tage!“ schrei sie, so laut sie konnte, und legte ihre ganze Kraft auf die Schlussworte; – „erst seit sechs Wochen geimpft! Hat gar schöne Narben bekommen. Wäre ein wunderschönes Kind, hat der Doktor gesagt. Schon so groß, wie andere Kinder erst mit fünf Monaten! Wunderbar klug! Kann schon stehen! Wirklich wahr! wenn’s Euch auch kaum glaublich scheint!“

Hier hielt die kleine Mutter atemlos inne, denn sie hatte ihm diese kurzen Sätze mit solcher Anstrengung ins Ohr geschrieen, dass ihr hübsches Gesichtchen davon ganz mit Purpur überlaufen war; jetzt hielt sie ihm das Kind als schlagenden siegreichen Beweis unter die Augen, während Tilly mit unverständlichem Jubel um das unschuldige Würmchen herumsprang, wie eine Kuh in der Wiese! -

„Höre nur! gewiss holt man ihn jetzt ab!“ sagte John; – „es ist jemand vor der Tür; mach’ auf, Tilly!“

Ehe Tilly aber noch die Tür erreichen konnte, ward diese von außen geöffnet, denn es war eine gar eigentümlich höchst einfache Art von jenen altmodischen Türen, mit eine Klinke, die jeder nach Belieben aufmachen konnte; was sich auch eine große Anzahl von Leuten zu Nutze machte, das versichere ich euch; denn alle Nachbarn plauderten gerne ein paar Wörtchen mit dem Kärrner, obwohl er kein sonderlicher Freund vom Plaudern war.

Die Tür ging also wie gesagt auf, und herein trat ein kleiner, hagerer, gedankenvoller Mann mit einem kränklichen, bleichen Gesicht, der sich aus dem packleinwandenen Überzug irgend einer alten Kiste einen Oberrock gemacht zu haben schien; denn als er sich umwandte, um die Tür zu schließen und die Zugluft abzuhalten, zeigte er auf dem Rücken besagten Kleidungsstückes sowohl das Zeichen S. & T. als auch das Wort Glas in großen schwarzen, trotzigen Buchstaben.

„Guten Abend John,“ rief der kleine Mann; – „guten Abend Madam. Guten Abend Tilly. Guten Abend Unbekannter. Was macht die kleine Madam? Boxer ist hoffentlich wohlauf?“

„Alles im besten Wohlsein, Kaleb!“ versetzte Dot; – „Ihr dürft nur das liebe Kindchen ansehen, um Euch davon zu überzeugen.“

„Und Euch, Madam, um mir die Frage zu ersparen!“ sagte Kaleb.

Und dennoch sah er sie nicht einmal an, denn sein Auge war unruhig und sein Blick sinnend, wie wenn er immer an einen andern Ort und in einer andern Zeit hinausblickte, was auch immer seine Lippen dabei sagen mochten; diese Eigenschaft ließ sich aber auch seiner Stimme beimessen.

„Oder John," fuhr Kaleb fort, „um ein anderes Beispiel davon zu haben. Oder Tilly, soweit es in ihrer Art liegt. Oder Boxer, da trifft man's ganz gewiss."

„Habt wohl viel zu tun, Kaleb?" fragte der Kärrner.

„O ja, ziemlich viel, John!" versetzte Kaleb mit dem zerstreuten Wasen eines Mannes, der mindestens über den Stein der Weisen brütete. – „Ziemlich viel, gottlob! Es ist eine starke Nachfrage nach Archen Noahs dermalen. Ich hätte gern die Familie besser hergestellt, aber ich kann nicht einsehen, wie ich's zu diesem Preis tun kann. Es gereichte mir selbst zur größten Beruhigung, wenn ich's deutlicher machen könnte, wer Sem und wer Ham ist und welches die Weibsleute sind. Die Fliegen sind ebenfalls viel zu groß geraten, wisst Ihr, wenn man sie mit den Körpern der Elefanten vergleicht! Aber beiläufig gesagt, lieber John, habt Ihr nicht auch so'ne Art Paket für mich?" Der Kärrner fuhr mit der Hand in eine der Taschen des Rockes, den er vorhin abgelegt hatte, und zog daraus einen sorgfältig in Moos und Papier verpackten zierlichen Blumentopf hervor.

„Da ist es," sagte er, und reichte ihn Kaleb vorsichtig hin; – „gebt acht, es ist kein Blatt verdorben. Alles voller Knospen!"

Kaleb trübes Auge glänzte, als er den Blumentopf nahm, und er dankte dem Kärrner herzlich!

„Er war teuer," sagt der Kärrner; – „sehr teuer zu dieser Jahreszeit."

„Das tut nichts; – er wäre wohlfeil für mich, wenn er auch noch soviel kosten würde!" versetzte der kleine Mann. „Habt ihr sonst noch was für mich, John?"

„Eine kleine Schachtel," gab der Fuhrmann zur Antwort; „da ist sie!"

„An Kaleb Plummer," las der kleine Mann, nachdem er die Adresse mühsam heraus buchstabiert hatte; – „mit Vorschuss. Mit Vorschuss, John? Dann kann sie unmöglich für mich sein!" „Mit Vorsicht," berichtete der Kärrner, der ihm über die Schulter geblickt hatte; „wie könnt ihr nur auch Vorschuss lesen?"

„Ach ja, Ihr habt recht! freilich," sagte Kaleb; – „mit Vorsicht, heißt es. Ja, ja, das geht mich an. Es hätte freilich auch Vorschuss drin sein können, wenn mein lieber Junge im Goldland in Südamerika noch am Leben wäre, John. Ihr liebtet ihn ja, wie euern eignen Sohn; nicht wahr? Ihr braucht es nicht erst zu bestätigen – ich weiß es ja selbst. – Kaleb Plummer, mit Vorsicht. – Ja, ja, es ist ganz in Ordnung. Es ist eine Schachtel voll Puppenaugen für meiner Tochter Arbeit. Ich wollte, es wären auch Augen für sie in der Schachtel, John." „Ich wollte auch," sagte der Kärrner, „wenn es möglich wäre."

„Ich danke Euch," versetzte der kleine Mann, „Ihr sprecht mir recht ordentlich zum Herzen, John. Ach Gott, es schneidet mit tief in die Seele, dass ich denken muss, sie soll die Puppen niemals sehen können, während diese ihr den ganzen Tag so starr ins Gesicht sehen. Ist das nicht jammerschade, John? Was hab' ich Euch zu zahlen, John?"

„Fragt ja nicht noch mal, sonst sollt Ihr mir's bezahlen!" rief John. „Merkst du's Dot? Dicht daran, nicht?"

„Nun ja, Ihr macht mir's immer so" , wandte der kleine Mann ein. „Das ist nun einmal Eure Weise, Eure gute liebe Weise. Lasst sehen, ich glaube, das ist jetzt alles."

„Ich glaube kaum" , versetzte der Kärrner. „Besinnt Euch nur einmal."

„Ist noch etwas für meinen Prinzipal da?" fragte Kaleb nach kurzem Besinnen; „natürlich ja, eben deswegen kam ich ja auch hierher, aber mein Kopf ist so voll von Noahs Archen und andern Dingen, dass ich mich gar nicht mehr recht besinnen kann! – Ist mein Prinzipal noch nicht hier gewesen?"

„Nein, noch nicht!" gab der Kärrner zur Antwort; – „seit er auf Freiers Füßen geht, hat er zuviel zu tun."

„Dann kommt er noch," sagte Kaleb; – „denn er trug mir auf, ich solle auf dem Heimwege den nähern Weg einschlagen, und ich möchte darauf wetten, er hätte mich noch eingeholt, wie er gewollt hatte, wenn er schon ausgegangen wäre. Beiläufig gesagt, täte ich indes besser daran, wenn ich jetzt aufbräche! – Wollt Ihr wohl so gut sein, Madam, mir zu erlauben, dass ich Boxer nur auf einen Augenblick in den Schwanz kneife. Darf ich?"

„Ei, ei, Kaleb, was fällt Euch ein?"

„O, gar nichts, Madam", gab Kaleb zur Antwort. „Es ist ihm vielleicht nicht wohl dabei, aber seht, da ist ein kleiner Auftrag für bellende Hunde eingelaufen, und die möchte ich denn so getreu nach der Natur machen, als ich's für sechs Pence tun kann. Das ist das ganze Geheimnis, Madam. Nehmt mir's nur nicht übel."

Es begab sich eben glücklicherweise, dass Boxer ohne die erwähnte Anregung plötzlich mit großem Eifer zu bellen anhub. Da dies aber nun zugleich auf die Ankunft eines neuen Besuchs deutete, so verschob Kaleb seine Studien nach dem Leben auf einen günstigeren Zeitpunkt, hob die runde Schachtel auf die Schulter und nahm eiligst Abschied. Er hätte sich indessen diese Mühe ersparen können, denn er stieß mit dem Ankömmling auf der Schwelle zusammen.

„Ah, seid Ihr da? So, so, nun, wartet ein bisschen, ich will Euch mit nach Hause nehmen. Ergebendster Diener, John Peerybingle. Empfehle mich bestens, hübsche junge Frau. Werdet alle Tage hübscher! Auch besser womöglich, nicht wahr? Und jünger," setzte der Sprecher nachdenklich und mit leiser Stimme hinzu, – „das ist eben der Teufel."

„Ich könnte mich wundern, dass Sie auf einmal so mit Schmeicheleien um sich werfen, Mr. Tackleton," sagte Dot, nicht eben mit der freundlichsten Miene, – „wenn ich nicht bedächte, in was für eine Lage Sie jetzt sind."

„Wisst Ihr denn auch schon davon?" fragte Mr. Tackleton. „Ich habe mich freilich zwingen müssen es zu glauben" , versetzte Dot.

„Ich glaube es, dass es Euch harten Kampf gekostet hat, nicht wahr, Frauchen?" sagte Tackleton.

„Allerdings."

Tackleton, der Spielzeughändler, allgemeiner bekannt als Gruff und Tackleton – so hieß nämlich die Firma, obwohl Gruff schon vor langen Jahren aus dem Geschäfte getreten war und im Geschäfte nur noch seinen Namen gelassen hatte, über dessen sauertöpfische Bedeutung jedes Wörterbuch Auskunft geben kann – Tackleton, also der Spielzeughändler, war ein Mann, dessen inneren Beruf seine Lehrer und Erzieher ganz verkannt zu haben schienen. Hätten sie ihn zu einem Wucherer, zu einem Winkeladvokaten, zu einem Gerichtsdiener oder einem Pfandleiher gemacht, so hätte er seine Galle schon in seiner Jugend los werden und nach Ablauf und freiwilliger Entleerung seiner Unmutsgefäße und Gallendrüsen zuletzt noch als Erholung und um der Abwechslung und Neuheit wegen noch ein ganz liebenswürdiger Mann werden können. So aber, da ihn sein Unstern in das friedliche Gewerbe eines Spielzeughändlers hereingeführt und darin hatte verkommen lassen, war er in seinem eigenen Hause ein wahrer Menschenfresser, der sich sein Leben lang nur von Kindern ernährt und ihnen unversöhnliche Feindschaft geschworen hatte.

Er hasste alles Spielzeug: nicht um eine Welt hätte er sich dazu entschließen können, eines zu kaufen; es gewährte ihm in seiner Bosheit ein ordentliches Vergnügen, darauf hinzuwirken, dass die dicken Pappgesichter der Bauern, die Schweine zu Markte trieben, der Ausrufer, die verloren gegangene Advokatengewissen ausschellten, der beweglichen alten Dame, die Strümpfe stopften oder Kuchen schnitten, und anderer derartigen Gegenstände seiner Handelstätigkeit zu den abscheulichsten Grimassen verzerrt wurden. In entsetzlichen Masken, abscheulichen, behaarten, rotäugigen Dosenteufel, in scheußlich bemalten Papierdrachen, in dämonischen Springmännchen, die nie stille liegen wollten und beständig vorwärts drängten, empfand er allein Befriedigung für sein zartes Gemüt. Sie bildeten seinen einzigen Trost und den Abzugskanal seiner üblen Laune in seinen Berufsgeschäften.

In solchen Erfindungen war er auch unvergleichlich groß; was nur immer imstande sein konnte, einem andern Alpdrücken zu verursachen, war ihm ein wahrer Genuss. Er hatte sogar Geld dafür ausgegeben (denn diese Spielware freute sich seiner besonderen Zuneigung), als er gespenstige Gläser für Zauberlaternen malen ließ, auf denen die Mächte der Finsternis als eine Art übernatürlicher Seekrebse mit Menschengesichtern dargestellt waren. Er hatte auch ein kleines Kapital fest angelegt, um die Scheußlichkeit der Menschenfresser und Riesen, die er anfertigen ließ, zu vergrößern, und obwohl er selbst kein Maler war, konnte er doch zu Nutz und Frommen seiner Künstler mit einem Stückchen Kreide eine Art flüchtigen Umrisses für die Gesichter dieser Ungeheuer entwerfen, die zuverlässig den Seelenfrieden eines jeden jungen Herrn zwischen sechs und elf Jahren auf die ganze Zeit der Weihnachts- und Sommerferien zerstörten.

Wie er in Spielsachen dachte, so gab er sich auch (wie die Menschen meist sind) in allen andern Dingen. Ihr könnt euch daher wohl denken, dass in dem großen Umwurfmantel, der ihm bis zu den Beinen herabreichte, ein gewöhnlicher kurioser Kauz bis ans Knie eingeknöpft war, und dass er deswegen ein so witziger Kopf und angenehmer Gesellschafter war, als je einer in ein Paar blank gewichsten, rindsledernen Stiefeln mit gelben Stulpen stand.

Trotzdem aber ging Tackleton der Spielzeughändler auf Freiersfüßen; trotzdem wollte er sich verheiraten und zwar mit einer jungen Frau, mit einem ausnehmend schönen Mädchen.

Er sah freilich nicht wie ein Bräutigam aus, als er so in des Kärrners Küche stand, einen Sauertöpfischen Zug in seinem welken Gesicht, mit seinem krummgezogenen Leibe, den Hut bis auf die Nase ins Gesicht gedrückt, beide Hände in den Abgrund seiner Taschen vergraben, während seine ganze spöttische, übelgelaunte Natur aus einem kleinen Winkelchen seines einen schlauen Auges herausschaute, wie der Inbegriff einer beliebigen Anzahl von Unglücksraben. Aber trotzdem gab er sich das Ansehen eines Bräutigams.

„In drei Tagen mache ich Hochzeit," sagte er; – „nächsten Donnerstag unfehlbar. Am letzten Tage des ersten Monats im Jahre will ich Hochzeit machen."

Habe ich schon erwähnt, dass Tackleton stets das eine Auge weit aufriss und das andere fast ganz geschlossen hielt, und dass gerade das fast ganz geschlossenen Auge stets das ausdrucksvollere war? Ich glaube kaum, dass ich es schon erwähnte.

„Das soll mein Hochzeitstag sein", sagte Tackleton und klimperte mit seinem Gelde in der Tasche.

„Ei!" rief der Kärrner, – „das ist ja gerade auch unser Hochzeitstag."

„Hahaha," lachte Tackleton; – „drum seid ihr gerade auch ein solches Paar; wir gleichen uns just auf ein Haar hin!"

Dots Entrüstung über diese anmaßende Behauptung lässt sich gar nicht beschreiben. Das wäre schön; was für weitere Ähnlichkeit wollte Tackleton am Ende gar noch finden? vielleicht dachte sich seine Phantasie gar noch die Möglichkeit eines ähnlichen Wickelkindes? Der Mann war offenbar verrückt.

„Heda, ein Wörtchen mit euch!" flüsterte Tackleton und stieß den Kärrner mit dem Ellenbogen an, um ihn ein wenig beiseite zu nehmen; „Ihr werdet doch auch zur Hochzeit kommen? Ihr wisst ja, wir stecken in denselben Schuhen!"

„Inwiefern in den selben Schuhen?" fragte der Kärrner.
„Je nun, wegen der kleinen Ungleichheit der Jahre!" sagte Tackleton und stieß ihn von neuem an. – „Zuvor aber müsst Ihr mir versprechen, vor meinem Hochzeitstage noch einen Abend mit und zuzubringen."

„Wozu?" wiederholte der andere. – „Das ist eine ganz neue Mode, eine Einladung anzunehmen! – Je nun, zum Vergnügen, zur Geselligkeit und dergleichen; Ihr werdet mich schon verstehen!"

„Ei, ich dachte, Ihr wäret noch nie ein Freund von Geselligkeit gewesen!" sagte John in seiner ungezwungenen Weise. „Alle Wetter! ich sehe schon, mit Euch muss man geradezu von der Leber weg reden!" sagte Tackleton; – „nun denn, offen gestanden, Ihr habt, wie es die Teetrinker nennen, so'n behagliches trauliches Wesen miteinander, Ihr und Eure Frau … Ihr versteht mich ja schon! Ihr müsst mich verstehen, wenn auch …" „Nein, wir können Euch nicht verstehen!" versetzte John; – „was wollt ihr denn eigentlich damit sagen?"

„Nun ja Ihr versteht mich also nicht?" sagte Tackleton; – „ich will zugeben, dass Ihr mich nicht versteht; wie es Euch beliebt, was liegt auch am Ende daran! Ich wollte nur sagen: da Ihr nun einmal einen solchen Eindruck macht, so werde Eure Gesellschaft auf die zukünftige Mrs. Tackleton eine recht günstige Wirkung ausüben. Und obwohl ich nicht gerade vermuten darf, dass Euer liebes Weibchen in dieser Sache gar sonderlich gut auf mich zu sprechen ist, so kann sie doch nichts dafür, dass ich nun einmal mein Auge auf sie geworfen habe, denn sie hat halt etwas so Trauliches, Behagliches und Zutunliches in ihrem Wesen, selbst bei Dingen, die ihr ganz gleichgültig sind, dass sie einen unwillkürlich ansprechen muss. Nicht wahr, Ihr sagt mir's zu, dass Ihr kommt?"

„Wir haben schon ausgemacht, dass wir unsern Hochzeitstag zu Hause feiern wollen, soweit bei uns überhaupt von feiern die Rede sein kann" , sagte John. – „Wir haben uns schon seit sechs Monaten darauf vertröstet; seht, Mr. Tackleton, dass man zu Hause …" „Bah, was ist zu Hause?" rief Tackleton; – „vier Wände und ne' Decke! (Warum bringt ihr denn das Heimchen nicht um, das hätte ich schon lange getan, – ich mach's immer so, dies Geräusch ist mir in der Seele zuwider!) In meinem Hause habt Ihr auch vier Wände und ne' Decke – kommt zu mir!"

„Wie, Ihr bringt Euer Heimchen um?“ fragte John. „Ich zertrete sie!“ versetzte der andere und stieß mit dem Absatz heftig auf den Boden; – „aber nicht wahr, Ihr versprecht mir doch, dass Ihr kommt? Seht Ihr, Ihr habt ja eben so großes Interesse daran, als ich, dass sich die Weiber gegenseitig überreden, sie seien glücklich und zufrieden und könnten's nicht besser haben. Ich kenne ihre Weise. Was die eine Frau nur immer sagen mag, daran hält die andere fest wie am Evangelium. Es liegt im Nachahmungstrieb bei den Weibern, Sir, dass, wenn Eure Frau zu der meinen sagt: Ich bin die glücklichste Frau auf Erden und habe den besten Ehemann von der Welt, und bin ihm von Herzen gut – meine Frau alsdann dasselbe oder auch noch mehr zu der Euern sagt, und es am Ende zum Teil glaubt.“

„Wollt ihr denn damit sagen, sie tun es nicht von selber?“ fragte der Kärrner gedankenvoll.

„Von selber?“ rief Tackleton mit gellendem Gelächter; „was tun sie nicht von selber?“

Dem Kärrner hatte es schon auf der Zunge gelegen, hinzuzusetzen: Euch lieb haben; – wie er aber zufällig dem halb zugedrückten Auge Tackletons begegnete, das über den aufgeschlagenen Mantelkragen herüberblickte, dessen Spitze es um ein Haar ausgestochen hätte, verzweifelte so an jeder Möglichkeit der Liebenswürdigkeit Tackletons, dass er sich verbesserte und lieber sagte: „dass sie es nicht von selber glaubt?“

„Ei, Ihr Schalk, Ihr habt mich zum besten!“ rief Tackleton.

Der Fuhrmann aber, obwohl ihm erst allmählich der Sinn von Tackletons Äußerung klar wurde, blickte ihm so ernsthaft ins Gesicht, dass sich der Spielzeughändler unwillkürlich etwas ausführlicher erklären musste.

„Ich habe den sonderbaren Einfall," sagte Tackleton, und streckte dabei den Finger der linken Hand aus, die er mit dem Zeigefinger berührte, als ob er sagen wollte: Das bin ich, nämlich Tackleton, – „ich habe den seltsamen Einfall, Sir, ein junges und recht hübsches Weib zu heiraten" ; – hier klopfte er auf den kleinen Finger, um die Braut zu bezeichnen, und zwar recht heftig, wie um sich als ihren Herrn und Meister zu zeigen. – „Ich bin der Mann dazu, der seine Einfälle ausführt, und ich tue es auch. – Ich habe einmal meinen Kopf darauf gesetzt. Aber – seht doch einmal dort hin!"

Er deutete auf Dot, die gedankenvoll am Feuer saß, ihr Grübchenkinn auf die Hand stützte und in die helle Glut schaute. Der Kärrner sah sie an und dann seinen Gast; dann abermals sie und wiederum Tackleton. Offenbar begriff er ihn nicht. „Ihr wisst ja," fuhr Tackleton fort, „dass sie Euch ohne Frage liebt und ehrt und Euch gehorsam ist; und das ist für mich, der ich kein sentimentaler Hasenfuß bin, schon genug. Aber glaubt Ihr denn wohl, dass noch etwas mehr dahinter steckt?"

„Ich denke," wandte der Kärrner ein, – „ich würde einen jeden zum Fenster hinauswerfen, der das Gegenteil davon behaupten würde."

„Ganz recht," versetzte der andere und stimmte schon ungewöhnlich lebhaft bei, – „ich bin überzeugt, Ihr würdet das tun; natürlich. Ich möchte darauf schwören. Gute Nacht! lasst Euch was angenehmes träumen."

Der gute Kärrner war unwillkürlich betroffen gemacht worden und schaute unbehaglich und unruhig drein. Er musste es wider Willen auf seine Weise zeigen.

„Gute Nacht, lieber Freund!" sagte Tackleton mitleidig; „ich muss nun gehen; ich sehe schon, wir stecken in der

Tat in den gleichen Schuhen. Ihr wollt uns morgen Abend wohl nicht die Ehre schenken? Recht so! Übermorgen seid ihr auf Besuch außer dem Hause, das weiß ich. Ich will dort mit euch zusammentreffen und mein zukünftiges Weibchen mitbringen. Es wird ihr gewiss gut tun. Habt ihr etwas dagegen? Ich danke euch … Aber was war das?" –

Es war ein lauter Schrei, den des Kärrners Frau ausgestoßen hatte; es war ein lauter, plötzlicher, gellender Schrei, der durchs ganze Zimmer tönte wie eine gläserne Glocke. Sie war von ihrem Sitz aufgefahren und stand wie von Schreck und Überraschung erstarrt. Der Fremde war nämlich zum Feuer getreten, um sich zu wärmen, aber ganz still, und stand jetzt unmittelbar hinter ihrem Stuhle.

„Dot!" rief der Kärrner, – „Mary! mein Herzchen, was hast du denn?"

Im Augenblick drängten sich alle um ihn her. Kaleb, der auf der Kuchenschachtel eingenickt gewesen war, ergriff, bevor er sich von dem Verlust seiner Geistesgegenwart wieder einigermaßen erholt hatte, Miss Döskopp beim Haare, entschuldigte sich aber den Augenblick darauf angelegentlich.

„Mary!" rief der Kärrner, und schloss sie in die Arme, – „bist du krank? Was ist dir? So sprich doch, mein Herzchen!" Statt aller Antwort klatschte sie in die Hände und brach in ein lautes krampfartiges Gelächter aus. Dann aber sank sie aus seiner Umarmung auf den Fußboden, bedeckte das Gesicht mit der Schürze und weinte bitterlich. So trieb sie's weiter: lachte jetzt und weinte dann wieder: dann klagte sie über Kälte, und ließ sich von ihm zum Feuer führen, vor dem sie sich wieder niedersetzte, wie zuvor. Der alte Mann stand noch immer stumm und unbeweglich vor dem Herde.

„Es geht wieder besser, John," sagte sie; – „ich bin nun wieder ganz wohl … ich hatte nur …"

John? was wollte sie denn von ihm? Erstand ja auf der andern Seite. Warum wandte sie denn dem fremden Alten ihr freundliches Gesicht zu und wollte ihn anreden? War sie nicht recht bei Sinnen?

„Es war nur ein plötzlicher Einfall, lieber John, eine Art Schrecken – ein etwas, das mir plötzlich vor die Augen trat – ich weiß selbst nicht, was es war, aber es ist jetzt vorbei, ganz vorbei!"

„Ich bin froh, dass es vorbei ist!" murmelte Tackleton, und schaute sich mit seinem ausdrucksvollen Auge im ganzen Zimmer um. – „Ich möchte wohl wissen, wo es geblieben ist und was es eigentlich war. Heda, Kaleb! komm' hierher! wer ist der Bursche dort im grauen Haar?"

„Ich weiß wahrlich nicht, Sir!" versetzte Kaleb mit geheimnisvollem Flüstern. – „Hab' ihn all mein' Lebtage zuvor noch nicht gesehen. Eine köstliche Figur für einen Nussknacker – ein ganz neues Muster. Er müsste köstlich aussehen mit einer beweglichen Kinnlade, die bis in seine Weste hinunterginge!" „Behüte", sagte Tackleton. – „Dazu ist er nicht hässlich genug!"

„Oder auch für ein Feuerzeug!" wandte Kaleb ein, der in tiefes Sinnen verloren schien, – „ein allerliebstes Modell! Den Kopf zum Abschrauben, um die Zündhölzchen hineinzutun; dann umgedreht und die Hölzchen an den Sohlen angestrichen! So wie er jetzt dasteht, müsste er ein Kapitalfeuerzeug für die Kaminplatte eines Gentlemans abgeben."

„Dazu ist er noch lange nicht hässlich genug!" sagte Tackleton. – „Ist nichts an dem Kerl. Komm, Kaleb! nehmt die Schachtel mit! 'S wird hoffentlich jetzt alles in Ordnung sein?" „Ja, 's ist alles vorüber, ist alles vorbei!" rief das kleine Weibchen und winkte ihm hastig fortzugehen. – „Gute Nacht!" „Gute Nacht" , sagte Tackleton. – „Gute Nacht, John Peerybingle! Nehmt Euch in acht, dass Ihr mir der Schachtel ordentlich tragt, Kaleb. Ich drehe Euch den Hals um, wenn Ihr sie mir fallen lasst! Draußen ist's pechschwarze Nacht und ein wahres Hundewetter, nicht wahr? Gute Nacht!"

Er ließ noch einmal mit scharfen Blick sein eines Auge durch die ganze Stube schweifen und entfernte sich alsdann; Kaleb mit dem Hochzeitskuchen auf dem Kopfe folgte ihm nach. Der Fuhrmann war so über sein kleines Weibchen erschrocken, und hatte es sich so angelegen sein lassen, sie zu trösten und zu besänftigen, dass er die Anwesenheit des Fremden kaum bemerkt hatte, bis er diesen nun als einzigen Gast noch im Zimmer bemerkte.

„Siehst du, Dot, er gehört nicht zu ihnen!" sagte jetzt John, – „ich muss ihm einen Wink geben, dass er nun auch gehen muss."

„Ich bitte Euch um Verzeihung, guter Freund," sprach der alte Herr und trat auf den Kärrner zu; – „um so mehr, als es scheint, dass Euer Weibchen nicht ganz wohl ist. Weil aber der Pfleger, den mein Gebrechen fast unentbehrlich macht" , setzte er kopfschüttelnd hinzu und deutete auf seine Ohren, – „noch nicht angekommen ist, so fürchte ich, es muss irgend ein Missverständnis obwalten. Das Wetter aber, das mit Euern bequemen Karren zu einem so willkommenen Obdach machte (ich wollte, ich bekäme nie mehr ein schlechteres!) ist noch so ungünstig wie zuvor. Wollet ihr mir daher in Eurer Güte erlauben, gegen Geld und gute Worte bei Euch hier mein Nachtquartier aufzuschlagen?"

„Ja, ja, freilich!“ rief Dot; – „jawohl, ganz gewiss!“ „Oho“ , sagte der Kärrner, den diese schnelle Zustimmung nicht wenig überraschte; – „je nun, ich hab nichts dagegen, nur weiß ich nicht gewiss, ob wir vielleicht …“ „Stille, lieber John!“ unterbrach sie ihn; – „lass nur mich gewähren!“

„Ei was,“ wandte John ein, „er ist ja stocktaub!“

„Ich weiß, dass er es ist, aber – ja Sir, ganz gewiss. Ei freilich! – Ich will ihm sogleich ein Bett herrichten, John.“ Wie sie nun forteilte, das Geschäft zu besorgen, war ihre geistige Aufregung und die Rührigkeit ihres Wesens so seltsam und befremdlich, dass der Kärrner stocksteif dastand und ihr betroffen nachschaute.

„Tut sein Mütterchen ihm jetzt Bettchen zurechtmachen?“ schwatzte Tilly Döskopp zu dem Kinde; – „und tat sein Härchen nicht braunchen und lockig werden, wenn er sein Perückchen abnahm und gab er dem lieben Frauchen nicht ein Schreckchen, wie es so stillechen bei dem Feuerchen saß?“

Infolge jener unerklärlichen Anziehungskraft, die oft Kleinigkeiten auf den Geist ausüben und die so oft direkte Folge eines Zustandes der Ungewissheit und Betroffenheit ist, wiederholte sich der Kärrner, wie er langsam in der Stube auf und ab ging, sogar diese törichten Worte innerlich manch liebes Mal, ja sogar so oft, dass er sie ordentlich auswendig lernte und noch immer darüber brütete, wie über einem Schulpensum, als Tilly bereits längst wieder dem Kinde die Haube aufgesetzt hatte, nachdem sie das kleine kahle Köpfchen des Kindes, nach der Gewohnheit der Kindwärterinnen so lange mit der flachen Hand gerieben hatte, als ihr passend und gesund deuchte.

„Und gab er dem lieben Frauchen nicht ein Schreckchen, wie es so stillechen bei dem Feuerchen saß?“ wiederholte sich der Fuhrmann halblaut, während er gedankenvoll im Zimmer auf und ab ging.

„Ich möchte wohl wissen, was Dot so in Schrecken setzte!" Er verbannte zwar mit vollstem Vertrauen die Winke des Spielwarenhändlers aus dem Sinne, aber dennoch erfüllte sie ihn mit einem unbestimmten unerklärlichen Unbehagen, denn Tackleton war schlau und ein gewandter Menschenkenner, und John war sich seiner beschränkten Verstandeskräfte so schmerzlich bewusst, dass ihm schon ein verstellter flüchtiger Wink quälende Unruhe bereitete. Es fiel ihm gewiss nicht ein, irgend etwas von dem, was Tackleton gesagt hatte, mit dem ungewöhnlichen Benehmen seines Weibes in Verbindung zu bringen; aber diese beiden Gegenstände seines Nachdenkens prallten in seinem Geiste stets aufeinander, und er konnte sie durchaus nicht voneinander trennen.

Das Bett war bald hergerichtet und der Gast zog sich zurück, nachdem er jede Erfrischung außer einer Tasse Tee abgelehnt hatte. Nun erst rückte Dot – und zwar von Herzen gern, wie sie sagte, mit wahrem Behagen – den großen Lehnstuhl für ihren Gatten in die Kaminecke, stopfte seine Pfeife und gab sie ihm, und setzte sich dann auf ihr kleines Schemelchen neben ihm zum Herde nieder.

Sie wollte immer nur auf diesem kleinen Schemel sitzen; ich argwöhne fast, sie muss gleichsam geahnt haben, dass etwas gar Niedliches, Trauliches und Zutunliches in diesem Stuhle lag. Sie war die beste Pfeifenstopferin weit und breit, ja ich möchte sagen, in allen vier Weltteilen. Es war allerliebst anzusehen, wie sie das niedliche runde Fingerchen in den Kopf steckte und dann durchs Rohr die Pfeife ausblies, um Rohr und Kopf zu reinigen; und sie sich dann, wenn das alles getan war, das Ansehen gab, als glaube sie noch immer, es stecke in der Tat etwas im Rohre, und noch ein Dutzend Mal hineinblies und es vors Auge hielt wie ein Fernglas, und dabei mit einem allerliebsten pfiffigen Zug im Gesichtchen hindurchschaute. Was nun gar den Tabak selbst anlangte, so verstand sie sich ganz prächtig darauf; und anzusehen, wie sie die Pfeife mit einem Stückchen Papier anzündete, wenn sie der Kärrner im Munde hatte, und wie sie ihn doch nicht brannte, obwohl sie ihm so hart in die Nähe der Nase kam – das war eine Kunst, vollendete Kunst!

Das Heimchen und der Kessel, die jetzt ihr Liedchen wieder anstimmten, bezeugten es ebenfalls beifällig! Das helle Feuer, das wieder aufflackerte, erkannte es ebenfalls an! Der kleine Heumäher auf der Uhr in seiner unbeachteten Betriebsamkeit nickte ihr ebenfalls beifällig zu. Der Kärrner mit der heitern Stirn und dem vergnügt werdenden Gesichte zeigte sich aber von allen am bereitwilligsten, ihre Geschicklichkeit anzuerkennen. Und als er so bedächtig und sinnend seine alte Pfeife schmauchte und die Wölkchen hinausblies, und als die alte Holländer Uhr pickte und das rötliche Feuer glühte, und als das Heimchen wieder lustig zirpte, kam jener Schutzgeist seines Hauses und seines Herdes – denn das war das Heimchen in der Tat – in Elfengestalt ins Zimmer heraus, schwirrte um ihn her und zauberte ihm mancherlei Gestalten seiner traulichen Häuslichkeit vors Auge. Dots von allen Alterstufen und Größen erfüllten das Gemach: Dots, die noch lustige mutwillige Kinder waren, liefen vor ihm her, als suchten sie Blumen in den Feldern: neckische, kindisch-scheue Dots, die an seiner eigenen ungeschlachten Gestalt halb erschraken, und halb ein zutrauliches Interesse nahmen: – jüngst verheiratete Dots, die errötend an der Haustür abstiegen und mit Verwunderung die Schlüssel des kleinen Hauswesens in Empfang nahmen: – mütterliche kleine Dots in Begleitung von imaginären Tilly Döskopps, die allerliebste kleine Wickelkinder zur Taufe in die Kirche trugen: – herangewachsene Dots als Frauen von mittleren Jahren, aber noch jugendlich und blühend, die ihre töchterlichen Dots überwachten, wenn sie sich in den ländlichen Reigen mischten: dicke Dots, umsprungen und erklettert von ganzen Scharen rosiger Enkel: andere Dots, als verwitwete alte Mütterchen, die sich auf Stöcke lehnten und mit dem Kopfe wackelten, wenn sie den Weg zur Kirche entlang krochen. – Auch alte Kärrner erschienen ihm, mit alten blinden Boxers, die ihnen zu den Füßen lagen: – und neumodischere Karren mit jüngeren Fuhrleuten („Gebrüder Peerybingle" stand auf der Wagendecke zu lesen): – und alte kranke Kärrner, die von den artigsten Händen gepflegt wurden: und Gräber von dahingegangenen alten Kärrnern, die einsam auf dem Friedhofe grünten. Und als ihm das Heimchen alle diese Dinge zeigte – er sah sie alle deutlich, wiewohl er eigentlich ins Feuer blickte – da wurde des Kärrners Herz leicht und glücklich, und er dankte aus Herzensgrund seinen häuslichen Göttern, und kehrte sich nicht mehr an Gruff und Tackleton, als etwa unsereiner tut.

Aber was war denn das für eine junge Männergestalt, die von demselben gespenstigen Feenheimchen dort so nahe neben Dots Stuhl gestellt wurde, und die dort stehen blieb, ganz einsam und allein?

Warum blieb sie denn noch immer so dicht bei ihr am Herde stehen, den Arm auf den Kaminmantel gelehnt und wiederholte beständig: Verheiratet und doch nicht mit mir?

O Dot, o arme Dot! Für solche Gedanken ist kein Platz in deines Gatten Träume! warum ist sein Schatten auch gerade auf Johns Herd gefallen!?

Zweites Gezirpe

Kaleb Plummer und seine blinde Tochter wohnten mutterseelenallein in ihrem Hause, wie es in den alten Märchenbüchern heißt – und mein Segen und hoffentlich auch der eurige, meine Leser, komme über die Märchenbücher, weil sie überhaupt noch etwas sagen in unserer nüchternen, geldjagenden, arbeitstollen Werktagswelt!

Kaleb Plummer und seine blinde Tochter wohnten mutterseelenallein in ihrem Hause, in einer kleinen, zerbrochenen, uralten Nussschale von hölzerner Hütte, die in der Tat nichts anderes war als ein Pickelchen auf der roten, vorspringenden Backsteinnase von Gruff und Tackleton. Die verschiedenen Baulichkeiten des Hauses Gruff und Tackleton waren nämlich die Hauptzierde der Straße; aber Kaleb Plummer bescheidenes Häuschen hätte man mit ein paar Hammerschlägen niederreißen und die Trümmer davon auf einem Karren wegführen können. Wenn irgend jemand Kaleb Plummers Hause die Ehre angetan haben würde, es nach einer solchen Einreißung zu vermissen, so hätte er's wahrscheinlich nur in der Absicht getan, der Zerstörung des Häuschens als einer wesentlichen Verbesserung zu erwähnen. Es klebte an den Gebäulichkeiten von Gruff und Tackleton, wie eine Bohrmuschel an einem Schiffskiel, oder wie eine Schnecke an einer Haustüre oder wie ein kleines Häufchen Pilze an einem Baumstamm. Gleichwohl aber war das Häuschen das Samenkorn, aus dem der majestätische Baum von Gruff und Tackleton entsprossen war; und unter seinem gebrechlichen Dache hatte Gruffs Großvater im kleinsten Maßstabe begonnen, Spielzeug für eine Generation alter Knaben und Mädchen anzufertigen, die damit gespielt, ihren Sinn erraten und sie zerbrochen hatten und dann schlafen gegangen waren.

Ich sagte, Kaleb und seine arme blinde Tochter haben hier gewohnt; aber ich hätte eigentlich sagen sollen, Kaleb allein wohnte hier und seine Tochter an jedem andern beliebigen Orte – in einem verzauberten Hause von Kalebs eigener Schöpfung, wo Dürftigkeit und Mangel nicht walteten, und Kummer niemals die Schwelle überschritt. Kaleb war aber kein Zauberer als in der einzigen magischen Kunst, die uns noch geblieben ist – in der Zauberkunst ewiger hingebungsvoller Liebe. Die Natur hatte ihn selbst diese Kunst gelehrt – sie, aus deren Unterricht alle Wunder entspringen!

Das blinde Mädchen hatte nie erfahren, dass die Decke entfärbt, die Wände von der Feuchtigkeit befleckt und an manchen Stellen ihres Mörtelbewurfs entblößt waren – dass sich mächtige Risse gebildet hatten, die sich jeden Tag erweiterten – dass Balken moderten und herabzustürzen drohten. Das blinde Mädchen hatte nie erfahren, dass Eisen rostete, Holz vermoderte, Tapeten sich abschälten – dass selbst die Größe und Gestalt und die eigentlichen Verhältnisse ihrer Wohnung allmählich zusammenschrumpften. Das arme blinde Mädchen hatte nie erfahren, dass formlose Geräte von Ton und Irdenware auf dem Brette stand, dass Kummer und Entmutigung in dem Hause wohnten, dass Kaleb spärliche Haare unter ihren erblindeten Augen von Tag zu Tag mehr erbleichten. Das blinde Mädchen wusste nicht, dass ihr Brotherr ein kalter, geiziger und teilnahmsloser Mensch war – mit einem Wort, sie wusste nicht, dass Tackleton nur Tackleton war. Sie lebte vielmehr in dem Glauben, es sei ein wunderlicher, launiger Sonderling, der gerne Spaß mit ihnen treibe, und während er der Schutzgeist ihres Lebens sei, jedes Wort des Dankes von ihrer Seite voll Entrüstung abweise.

Und das alles war Kalebs Werk. Das alles bewirkte ihr einfacher Vater! Aber auch er hatte ein Heimchen auf seinem Herde, und so oft er in früheren Jahren, da das mutterlose, blinde Kind noch sehr jung war, trüben Mutes seinem Gesange lauschte, trat jener Schutzgeist zu ihm und gab ihm den Gedanken ein, dass sich selbst der Tochter großes Gebrechen für ihn gewissermaßen noch in Segen verwandle, weil es ihn in den Stand setze, das gute Mädchen mit so geringen Mitteln glücklich zu machen. Das ganze Heimchengeschlecht nämlich besteht aus mächtigen Geistern, – obwohl es selbst die Leute, die Freundschaft mit ihnen pflegen, nicht wissen, was sehr häufig der Fall ist; – und es gibt in der unsichtbaren Welt keine holderen und wahrhaftigeren Stimmen, denen man so unbedingt vertrauen könnte, oder sie so zuverlässig nur den besten, treusten Rat geben, als die Stimmen, in denen die kleinen Geister unseres Hauses und Herdes zu den Menschenkindern sprechen.

Kaleb und seine Tochter saßen jetzt eben in ihrer gewöhnlichen Werkstatt beisammen, die ihnen gleichzeitig zur Alltags- und Wohnstube diente. Und es war ein gar seltsamer Ort, das muss man sagen. Da standen fertige und halbfertige Häuser für Puppen aus allen Ständen, Gebäude aus der Vorstadt für Puppen von mäßigem Einkommen, Küchen und einzelne Zimmer für Puppen aus den unteren

Ständen, und prächtige städtische Wohnungen für Puppen vom höchsten Rang. Einige dieser Hauswesen waren bereits nach den Verhältnissen und Wünschen der Besteller möbliert, und mit besonderer Rücksicht auf das Bedürfnis von Puppen von nur beschränktem Einkommen; andere konnten im Augenblick auf die kostbarste Weise ausgestattet werden, da ganze Rahmen voll Sesseln, Tischen, Bettgestellen, Sofas und andern Möbeln dastanden. Der hohe und niedere Adel und das ehrbare Publikum, zu deren Behausungen die verschiedenen Gebäude bestimmt waren, lag da und dort in Körben umher und starrte schnurgerade zur Decke hinauf.

Um aber ihren Standpunkt in der Gesellschaft zu bezeichnen und sie gewissermaßen auf die ihnen zukommenden Stufen im menschlichen Leben zu beschränken (was, wie die Erfahrung zeigt, in der wirklichen Welt ungeheuer schwierig ist), hatten die Hersteller dieser Puppen die Natur weit überholt, die darin oft ganz eigensinnig und verkehrt verfährt. Sie begnügten sich nämlich bei Anfertigung dieser Puppen nicht damit, bei so willkürlichen und zweideutigen Merkmalen stehen zu bleiben, wie Atlas, Samt und andere derartige Läppchen und Fetzchen sind, sondern sie hatten ganz bezeichnende persönliche Unterschiede erfunden, die gar keine Missdeutung zuließen. So hatte z. B. die vornehme Puppe zum Zeichen ihrer guten Herkunft wächserne Glieder von feinster Symmetrie, aber auch nur sie und ihre Verwandtschaft. Die nächste Stufe auf der Leiter der bürgerlichen Gesellschaft war ganz von Leder verfertigt, und die dritte Klasse bestand nur aus grober, grauer Leinwand. Das gemeine Volk der Puppen hatte nur Schwefelhölzchen aus dem nächsten besten Feuerzeug statt der Arme und Beine, und stand nun da, gleichsam auf seinen Lebenskreis beschränkt und außer Standes, sich daraus emporzuarbeiten.

Er gab indessen auch noch verschiedene andere Erzeugnisse von Kaleb Plummers Kunstfertigkeiten in seiner Stube. Da waren Archen Noahs, worin die vierfüßigen Tiere und Vögel auf einem fürwahr ganz ungewöhnlich engen Raume zusammengestaut waren, da sie seltsamerweise zum Dach hineingestopft und auf den aller engsten Raum zusammengerüttelt werden konnten. Infolge einer kühnen poetischen Lizenz hatten die meisten dieser Noahsarchen Klopfer an der Tür, die vielleicht ein unnötiger Schmuck sein mochten, da sie unwillkürlich an Morgenbesuche und Postbriefträger erinnerten, aber für das Äußere des Hauses selbst doch eine willkommene Augenweide bildeten.

Da waren melancholische kleine Karren schockweise aufgetürmt, die eine höchst klägliche Musik machten, wenn sich ihre Räder drehten. Außerdem gab's noch eine Menge kleine Fiedeln, Trommeln und andere Instrumente zum Ohrenzwang, und eine endlose Masse Kanonen, Schilde, Schwerter, Speere und Flinten. Da waren ferner noch zu sehen kleine Purzelmännchen in roten Hosen, die unaufhörlich an hohen Kletterseilen von rotem Bindfaden hinaufkletterten und kopfüber auf der andern Seite wieder herabschossen; da waren unzählige alte Herren von respektablem wo nicht gar ehrwürdigem Äußeren, die sich wie wahnsinnig über horizontale Pflöcke drehten, die an ihren eigenen Haustüren angebracht waren. Da waren Tiere aller Arten, namentlich Pferde von allen Rassen, von dem gefleckten tonnenartigen Klepper auf vier hölzernen Pflöcken mit einem Pfeifchen statt des Schweifs, bis zum vollblütigsten Schaukelpferd im höchsten Sprunge.

Wie es eine schwere Aufgabe sein würde, die Dutzende und aber Dutzende possierlicher Figuren zu zählen, die Torheiten aller Art zu verrichten im Begriff waren, sobald man nur eine Kurbel drehte, so würde es auch sehr schwierig gewesen sein, irgend eine menschliche Torheit, Laster oder Schwäche zu nennen, die nicht ihr mehr oder minder ähnliches Abbild in Kaleb Plummers Zimmer gefunden hätte, und zwar durchaus nicht übertrieben, denn es können sehr kleine Kurbeln und Federn, ja auch die Menschen, Männer wie Frauen, zu ebenso seltsamen Streichen veranlassen, als sie nur je ein Spielzeug gemacht hat.

Mitten unter allen diesen Gegenständen saßen, wie gesagt. Kaleb und seine Tochter bei der Arbeit. Das blinde Mädchen verfertigte die Kleider für die Puppen, und Kaleb bemalte und lackierte die vierfenstrige Front eines sehr geschmackvollen Familienpalastes.

Der Kummer der sich in den Linien von Kalebs Angesicht aussprach, und sein gedankenvolles träumerisches Wesen, das irgend einem Schwarzkünstler oder abstrusem Gelehrten ganz gut zu Gesicht gestanden hätte, bildete auf den ersten Blick einen seltsamen Gegensatz mit seiner Beschäftigung und den Gegenständen, die ihn umgaben. Allein derartige Spielereien, die man um des täglichen Brotes willen erfindet und betreibt, werden zu sehr wichtigen und ernsten Dingen; und abgesehen von diesem Erfahrungssatze möchte ich für meinen Teil durchaus nicht behaupten, Kaleb würde sich, wenn er Lord-Kammerherr oder Parlamentsmitglied oder Advokat oder sogar ein großer Spekulant gewesen wäre, mit minder kuriosen und seltsamen Spielereien abgegeben haben, während ich noch sehr bezweifeln möchte, dass seine Spielereien alsdann so unschuldiger Natur gewesen wären.

„So bist du also doch, Väterchen, gestern Abend im

Regen in deinem schönen neuen Überrock ausgegangen?" sagte Kalebs Tochter.

„Ja, in meinem schönen neuen Überrocke!" versetzte Kaleb und blinzelte nach einer Wäscheleine in einer Ecke der Stube, auf der das oben beschriebene Gewand von Packleinwand sorgfältig zum Trocknen aufgehängt war.

„Wie froh bin ich, dass du dir's gekauft hast, Väterchen!" sagte das blinde Mädchen.

„Und dazu noch von solch' einem Schneider!" versetzte Kaleb, – „von einem ganz fashionabeln Schneider! Er ist wahrlich zu gut für mich!"

Das blinde Mädchen ließ die Hände mit der Arbeit in den Schoß sinken und brach in ein fröhliches Gelächter aus.

„Zu gut, Väterchen? Was könnte für dich zu gut sein?"

„Dennoch schäme ich mich beinahe es zu tragen!" sagte Kaleb und belauerte aufmerksam die Wirkung, die seine Worte auf die Tochter ausübten und die auf ihrem freundlichen Gesicht zu lesen war. „Auf mein Wort; wenn ich die Knaben und Leute hinter mir ausrufen höre: „Ei seht doch den Stutzer an!" so weiß ich gar nicht, wohin ich blicken soll. Und als der Bettler gestern Abend gar nicht weggehen wollte, und er mir, auf meine Versicherung, dass ich nur ein ganz gewöhnlicher Mensch sei, zur Antwort gab: O nein, Euer Ehren! Du lieber Gott, sagen Euer Ehren nur das nicht!" da war ich ordentlich beschämt. Es war mir gerade zumute, als hätte ich gar kein Recht, ein solches Kleid zu tragen."

Das glückliche blinde Mädchen! wie heiter sie war im Übermaß ihrer Freude!

„Ei, liebes Väterchen!" rief sie und schlug die Hände zusammen, „ich sehe dich so deutlich, als ob ich Augen hätte, die mir nie fehlen, so oft du bei mir bist. Ein blauer Rock …" „Vom allerschönsten Blau" , sagte Kaleb.

„Ja, ja, vom schönsten Blau!" rief das Mädchen aus und richtete ihr freudestrahlendes Gesicht zu ihm empor, – „das ist die Farbe, auf die ich mich noch am besten besinnen kann, weil sie der liebe Himmel hat. Du sagtest mit ja stets, er sei blau! Ein hellblauer Rock also …" „Der aber den Körper lose umspielt!" ergänzte Kaleb. „Ja, ja, ein recht bequemer Rock!" rief das blinde Mädchen mit herzlichem Lachen, – „und du darin, bestes Väterchen, mit deinem heitern Blick, mit deinem fröhlichen, lächelnden Gesicht, mit deinem kühnen, raschen Schritt und reichen schwarzen Haar! Wie jung und hübsch musst du doch aussehen!"

„Holla, holla!" rief der Alte, „du machst mich ordentlich eitel!" „Ich glaube du bist es schon!" rief das blinde Mädchen und deutete in ihrer Freude auf ihn; – „ich kenne dich, Väterchen! Hahaha, siehst du nun, dass ich es erraten habe?"

Wie verschieden war doch das Gemälde, das sie sich in ihrem Herzen von ihm entwarf, gegenüber der Wirklichkeit, in der Kaleb ihr jetzt gegenübersaß! – Sie sprach von seinem kühnen, freien Schritt, und darin mochte sie wohl recht haben, denn schon seit Jahren hatte er niemals mit seinem gewöhnlichen, langsamen Schritte diese Schwelle betreten, sondern mit einer Raschheit, die ihr Ohr absichtlich täuschen sollte; niemals hatte er, wenn sein Herz am schwersten war, den leichten Tritt vergessen, der ihr Herz so heiter und mutvoll machen sollte.

Der Himmel weiß es, aber ich denke, das zerstreute irre Wesen Kalebs mag zum Teil daraus entstanden sein, dass er sich seiner blinden Tochter zu Liebe über sich selbst und seine ganze Umgebung ganz irrige Ansichten gebildet hatte. Wie konnte der kleine Mann auch anders als verwirrt sein, nachdem er sich schon so lange Jahre bemüht hatte, seine eigene Identität und die aller Gegenstände, die in irgend einer Beziehung zu ihm standen, zu zerstören!

„Da haben wir's nun!" rief Kaleb und trat ein paar Schritte zurück, um seine Arbeit besser mustern zu können; – „der Wirklichkeit so ähnlich, wie sechs Pence in Kupferhellern einem silbernen Sechspencestück! Es ist nur schade, dass sich die ganze Fronte des Hause auf einmal öffnet! Wäre jetzt nur wenigstens eine Treppe darin und ordentliche Türen durch die man die Zimmer beträte! Aber das ist gerade das Schlimmste an meinem Handwerke, dass ich mich stets selber betrügen und täuschen muss!"

„Du sprichst so leise, Väterchen?" sagte Berta, – „bist du denn müde?"

„Müde?" wiederholte Kaleb mit plötzlich ausbrechender Lebhaftigkeit, – „was sollte mich denn müde machen, Berta? Ich war noch niemals müde – was verstehst du denn darunter?" Um seinen Worten mehr Nachdruck zu geben, reckte und dehnte er sich in unwillkürlicher, widersprechender Nachahmung zweier sich dehnenden und gähnenden Figuren von halber Lebensgröße, die auf dem Kaminsimse stunden, und von den Hüften aufwärts in einem Zustand ewiger Müdigkeit dargestellt waren und summte das Bruchstück eines Liedchens. Es war ein Trinklied, etwas von einem schäumenden Becher, und er sang es mit einer erheuchelten kreuzfidelen Stimme, die sein Gesicht noch tausendmal magerer und gedankenvoller als sonst machte.

„Heda, Ihr singt gar?" rief Tackleton, der den Kopf zur Tür hineinsteckte; – „alle Wetter! ich kann nicht singen!"

Das würde auch in der Tat niemand bei ihm vermutet haben; er hatte auch durchaus nicht das, was man im gemeinen Leben ein lebensfrohes Gesicht nennt.

„Ich kann's gar nicht über mich gewinnen, zu singen; – ist mir aber lieb, dass Ihr's könnt. Hoffentlich könnt Ihr aber dabei auch noch Zeit zur Arbeit finden; verträgt sich zwar beides schlecht zu gleicher Zeit, sollte ich meinen."

„Wenn du nur sehen könntest, Berta, wie er mir mit den Augen zublinzelt," flüsterte Kaleb, – „gar ein scherzhafter Herr! Wenn du ihn nicht kennen würdest, du würdest fast denken, er meine es im Ernste, nicht wahr?"

Das blinde Mädchen nickte ihm lächelnd zu und schwieg. „Den Vogel, der singen kann und nicht will, den muss man zum Singen zwingen, sagt das Sprichwort!" brummte Tackleton vor sich hin. „Wenn aber die Eule nicht singen kann und soll nicht singen, wenn sie's gleichwohl möchte, was muss man dann mit ihr anfangen?"

„Du solltest nur sehen, wie spaßig er mir jetzt wieder zuwinkt!" flüsterte Kaleb seiner Tochter zu; „ei du meine Güte!" „Er ist doch immer lustig und guter Laune, so oft er zu und kommt!" rief Berta lachend.

„Ah so! du bist auch da, armes blödsinniges Ding?" brummte Tackleton.

Er hielt sie in der Tat für blödsinnig und stützte diese vorgefasste Meinung – ob absichtlich oder nicht, lassen wir dahingestellt – auf die Beobachtung der Zuneigung, die sie für ihn an den Tag legte.

„Na, wenn du nun einmal hier bist, so lass hören, wie's dir geht!" rief Tackleton in seiner gewöhnlichen sauertöpfischen Weise. „O gut, ganz gut!" rief Berta freundlich; – „ich bin so glücklich, als Sie es nur immer für mich wünschen könnten – so glücklich, als Sie die ganze Welt machen würden, wenn es in Ihrer Macht stünde!"

„Armes, blödsinniges Ding!" brummte Tackleton; – „kein Fünkchen Verstand, in der Tat kein Fünkchen!"

Das blinde Mädchen ergriff seine Hand und küsste sie; hielt sie dann eine Weile zwischen ihren eigenen beiden Händen und führte sie noch zärtlich an ihre Wange, bevor sie sie losließ. Es lag eine so unaussprechliche Liebe und innige Dankbarkeit in diesem Benehmen, dass Tackleton selbst einigermaßen davon ergriffen wurde und minder sauertöpfisch als sonst die Frage tat:

„Was hast du denn?"

„Ich stellte es gestern Abend dicht neben mein Kopfkissen, als ich zu Bette ging, und träumte die ganze Nacht davon; und als der Tag anbrach und die glorreiche rote Sonne ... nicht wahr, Väterchen, die Sonne ist rot? ..." „Rot am Morgen und am Abend, Berta!" versetzte der arme Kaleb, und warf einen wehmütigen feuchten Blick auf seinen Brotherrn.

„Und als die rote Sonne aufstieg und das helle, glänzende Licht, an dem ich mich fast zu stoßen fürchte, ins Zimmer strahlte, da drehte ich ihm das kleine Bäumchen zu und segnete den Himmel, der so schöne Dinge erschaffen hat, und pries Sie, der Sie das Rosenstöckchen zu einem Angebinde für mich hierher gesandt hatten! Ach es hat mir vielen Trost gewährt!"

„Das Tollhaus ist los!" sagte Tackleton zu sich selber; – „es fehlt nicht mehr viel, so muss man ihr Zwangsjacke und Handschellen anlegen. Es wird immer schlimmer mit ihr." Kaleb, der die Hände leicht gefaltet hatte, stierte gedankenlos vor sich hin, während seine Tochter sprach, als ob er in der Tat mit sich in Zweifel gewesen wäre – und ich bin überzeugt, er war's – ob Tackleton etwas getan habe, um ihren Dank zu verdienen oder nicht. Hätte man ihm in diesem Augenblicke vollkommen freie Wahl gelassen, ob er entweder straflos den Spielwarenhändler umbringen oder ihm für seine Wohltaten zu Füßen fallen wolle, ich glaube er hätte es geradezu dem Zufall anheimgestellt, welchen Weg er eigentlich einschlagen solle. Und doch wusste Kaleb, dass er mit seinen eigenen Händen das kleine Rosenstöckchen für sie nach Hause gebracht und ihr damit eine Freude bereitet hatte, und dass er ihr mit seinem eigenen Munde die unschuldige Täuschung beigebracht hatte, infolge deren sie nie argwöhnen sollte, wie viel, ja wie unendlich viele Entbehrungen er sich täglich auferlegte, damit sie desto glücklicher sei.

„Berta“, sagte Tackleton und nahm für den Augenblick einen herzlicheren Ton an, – „komm' einmal her!“

„O,“ versetzte sie; „ich kann ganz gerade zu Ihnen hinkommen! Sie brauchen mich gar nicht zu führen!“

„Soll ich dir ein Geheimnis mitteilen, Berta?“ fragte Tackleton.

„O ja, wenn Sie so gut sein wollen!“ entgegnete sie hastig. O wie erglänzte da das Gesicht mit den armen, lichtlosen Augen! Wie freundlich strahlte der hinhorchende Kopf von innerem Lichte!

„Nicht wahr, heute ist der Tag, an dem euch das kleine Dings da, das verzogene Kind, Peerybingles Weib, ihren gewöhnlichen Besuch macht? Wo sie Euch gewöhnlich den närrischen Picknick gibt?“ fragte Tackleton mit unverkennbarem Ausdruck des Missfallens an der ganzen Sache.

„O ja!“ versetzte Berta, „heute ist der Tag!“

„Ich dacht mir's doch gleich!“ sagte Tackleton; – „je

nun, es wäre mir lieb, wenn ich an der Gesellschaft teilnehmen dürfte!" „Hast du es gehört, Väterchen?" rief das blinde Mädchen in namenlosem Entzücken.

„Ja, ja, ich höre es!" murmelte Kaleb leise, mit dem stieren Blicke eines Nachtwandlers, „aber ich kann's nicht glauben, – ich möchte es beschwören, es ist wieder eine meiner Selbsttäuschungen!"

„Seht Ihr!" sagte Tackleton etwas verlegen, – „ich möchte gerne die Peerybingles etwas mehr mit Jungfer Fielding zusammenbringen, denn ich bin im Begriffe, die Jungfer zu heiraten!"

„Heiraten?" rief das blinde Mädchen, und prallte vor Überraschung vor ihm zurück.

„Sie ist ein so verteufelt blödes Geschöpf," brummte Tackleton, „dass ich fürchten konnte, sie werde mich niemals verstehen. – Ja, Berta, heiraten!" setzte er laut und mürrisch hinzu; – „Kirche, Pfarrer, Gemeindeschreiber, Kirchendiener, Glaskutsche, Glockengeläute, Frühstück, Hochzeitskuchen, Bandschleifen, Tanzmusik und die ganzen andern Torheiten. Eine Hochzeit, verstehst du? eine Hochzeit. Weißt du nicht, was eine Hochzeit ist?"

„O ja, ich weiß es!" gab das blinde Mädchen halblaut zur Antwort, – „ich verstehe!"

„Soso?" brummte Tackleton, „das geht über meine Erwartung. – Je nun, und aus diesem Grund möchte ich auch mit von der Partie sein und meine Jungfer Braut und ihre Mutter hierher bringen. Ich will auch noch am Vormittag einen Beitrag zum Imbiss herschicken – eine kalte Schöpfenkeule, oder sonst eine schmackhafte Kleinigkeit der Art. Ihr erwartet mich also?"

„O ja!" gab sie zur Antwort.

Sie hatte das Köpfchen sinken lassen und ihr Gesicht

abgewandt und stand nun mit gefalteten Händen gedankenvoll und verträumt da.

„Ich glaube es kaum, dass du mir's erlauben willst!" murmelte Tackleton und schaute sie von der Seite an, – „denn du scheinst schon alles wieder vergessen zu haben. Heda, Kaleb."

Ich denke, ich darf mich jetzt schon zu melden wagen, dachte Kaleb.

„Was beliebt, Sir?"

„Sorge du dafür, dass sie nicht vergisst, was ich ihr eben gesagt habe!" versetzte Tackleton.

„O, sie vergisst nie etwas!" sagte Kaleb, – „das ist eines von den wenigen Dingen, auf die sie sich nicht versteht!"

„Jeder Narr lobt seine Kappe," murmelte der Spielzeughändler, achselzuckend, – „armer, dummer Teufel!"

Als er sich mit unaussprechlicher Verachtung dieser geistvollen Bemerkung entledigt hatte, entfernte sich der alte Gruff und Tackleton mürrisch.

Berta blieb in tiefes Sinnen verloren auf dem Platze stehen, wo er sie verlassen hatte. Aller Frohsinn war von ihrem niedergeschlagenen Gesicht entwichen, und ihre Mienen wurden sehr traurig. Sie schüttelte ein paar Mal den Kopf, als betraure sie irgend eine Erinnerung oder einen Verlust, allein ihre bekümmerten Gedanken ließen sich nicht in Worten kundgeben.

Erst nach einer Weile, als Kaleb ein Gespann hölzerner Pferde vor einen Wagen befestigt hatte, indem er mit höchst summarischem Prozess ihr Geschirr an die edelsten Teile ihres Körpers annagelte, trat sie zu seinem Werkstuhle, setzte sich neben ihn und sagte:

„Väterchen, mir ist so einsam und öde im Dunkeln! Ich brauche meine Augen, meine geduldigen, immer willigen Augen."

„Hier sind sie!“ sagte Kaleb, – „immer zu deinem Dienste bereit! sie gehören überhaupt mehr dir, Berta als mir, in jeden der vierundzwanzig Stunden des Tages. Was sollen denn deine Augen für dich tun, Liebchen?“

„Sieh dich im Zimmer um, Väterchen!“ sagte sie.

„Es ist alles in Ordnung, Berta!“ gab Kaleb zur Antwort; „es ist so schnell geschehen, als du mir's geheißen hast!“ – „So sag' mir, wie es aussieht!“

„Es ist fast ganz so, wie gewöhnlich!“ meinte Kaleb; – „Häuslich, heimisch, und so recht niedlich und bequem. Hübsche Tapeten von heiterer Farbe an den Wänden, schöne Blumen auf Schüsseln und Tellern, das blank gebohnte Holz, wo irgend Balken oder Getäfel zu schauen sind, die freundliche Helle, Reinlichkeit und Niedlichkeit des Gebäudes im allgemeinen machen es zu einem allerliebsten kleinen Aufenthalt.“

Heiter und reinlich war auch in der Tat alles, woran Berta selbst die geschäftigen Hände anlegen konnte. Aber sonst war auch nirgends in dem gebrechlichen, baufälligen Schuppen, den Kalebs Phantasie so umgewandelt und verschönert hatte, Heiterkeit, Behaglichkeit und Reinlichkeit möglich.

„Du hast jetzt deine Werkstattkleider an, Väterchen, und da bist du nie so schön geschmückt, als wenn du den neuen Überrock trägst!“ sagte Berta, und betastete ihn mit prüfender Hand. „Nein, nicht ganz so schmuck!“ versetzte Kaleb, – „aber doch immer ziemlich hübsch und sauber.“

„Vater,“ sagte das blinde Mädchen, indem es hart an seine Seite rückte und leise einen Arm um seinen Nacken schlang, – „erzähle mir doch auch etwas von Jungfer Fielding, Tackletons Braut! Sie soll so sehr hübsch sein?“

„Meiner Treu, das ist sie!“ sagte Kaleb, und sie war es

auch in der Tat. Es mochte Kaleb ganz neu und seltsam vorkommen, wenn er der Wirklichkeit nicht eine seiner Erfindungen unterschieben durfte.

„Ihr Haar ist dunkel," sagte Berta nachdenklich, „dunkler als das meinige. Auch weiß ich, dass ihre Stimme süß und melodisch ist, ich habe sie oft gerne gehört. Ihr Wuchs ..."„Keine Puppe in unserm Zimmer kann sich darin mit ihr messen," sagte Kaleb; – „und dann erst ihre Augen! ..."Er hielt plötzlich inne, denn Berta hatte sich enger an seinen Hals geschmiegt und in dem Arme, der um seinen Nacken lag, empfand er ein warnendes Zucken, dass er nur allzu gut verstand. Er hüstelte einen Augenblick, hämmerte dann wieder eine Weile und stimmte von neuem sein altes Lied vom funkelnden Becher an, das seine unfehlbare Zuflucht in allen derartigen Verlegenheiten war.

„Unser Freund, Väterchen, unser Wohltäter. Du weißt ja, dass ich nie müde werde, von ihm reden zu hören! – Auch bin ich's noch nicht geworden, nicht wahr?" setzte sie hastig hinzu. „Nein, wahrlich nicht!" versetzte Kaleb, „und zwar mit Fug und Recht."

„Ach und mit wie viel Recht" , rief das junge Mädchen inbrünstig, das Kaleb, obwohl seine Gründe die edelsten waren, ihr doch nicht ins Gesicht blicken konnte, sondern die Augen niederschlug, als ob sie darin die unschuldige Täuschung zu lesen vermocht hätte, die er sich gegen sie erlaubt hatte.

„Darum erzähle mir abermals von ihm, liebes Väterchen!" rief Berta; – „erzähle mir noch recht oft und viel. Nicht wahr, sein Gesicht ist voll Wohlwollen, Freundlichkeit, Gutmütigkeit und Zärtlichkeit? Dass es treu und ehrlich ist, das weiß ich schon im voraus gewiss. Das männliche Gemüt, das jede holde Regung und jede Wohltat unter anscheinender Barschheit und sauertöpfischem Wesen zu verdecken sucht, spricht gewiss aus jedem Blick und Miene."

„Und verleiht ihm Adel!" setzte Kaleb in seiner stillen Verzweiflung hinzu.

„Ja, es verleiht ihm Adel!" rief das blinde Mädchen; – „nicht wahr, Vater, er ist ein bisschen älter, als die Jungfer Braut?"

„Ja, ja," – versetzte Kaleb widerstrebend; – „er ist ein klein wenig älter als die Jungfer Braut, aber das hat nichts zu bedeuten!"

„O ja, Vater, doch!" versetzte Berta; – „was für ein Vorrecht muss das bedeuten, seine geduldige Gefährtin in Schwäche und Hinfälligkeit, seine treue sorgliche Pflegerin in Krankheit und seine beständige Freundin im Kummer und Leiden sein zu dürfen! Keine Ermüdung oder Lässigkeit zu kennen, solange man für ihn arbeitet; über ihn zu wachen, ihn zu verpflegen, wenn er hinfällig ist, an seinem Bett zu sitzen und mit ihm zu plaudern, wenn er wacht, und für ihn zu beten, wenn er schläft! Welche günstige Gelegenheit muss das für sie sein, um alle ihre Treue und Ergebenheit gegen ihn an den Tag zu legen! Wird sie das wohl alles tun, Väterchen?"

„Ohne Zweifel!" sagte Kaleb.

„Dann bin ich ihr gut, Väterchen, dann kann ich sie so recht aus Herzensgrunde lieben!" rief das blinde Mädchen und legte bei diesen Worten ihr armes blindes Antlitz auf Kalebs Schulter und weinte so bitterlich, dass er sich fast Vorwürfe machte, diese tränenvolle Glückseligkeit bei ihr hervorgerufen zu haben. –

Inzwischen war in John Peerybingles Hause eine ungewöhnliche Geschäftigkeit und Rührigkeit zu bemerken gewesen, denn die kleine Mrs. Peerybingle konnte sich natürlich nicht an den Gedanken gewöhnen, irgend einen Ausgang ohne das Wickelkind zu machen. Und das Kind segelfertig zu machen und für einen derartigen Ausgang aufzuputzen, war keine leichte Sache und erforderte viel Zeit. Wir wollen damit keineswegs sagen, das Kind sei ein Gegenstand gewesen, der großes Gewicht und Raum eingenommen hätte – o keineswegs; aber es war ungeheuer viel an ihm und mit ihm vorzunehmen und musste alles in gewissen bequemen Zeiträumen geschehen.

Zum Beispiel: Wenn das Wickelkind allmählich bis auf einen gewissen Grad angezogen war und unsereins mit Recht gemutmaßt haben würde, dass nur noch ein paar Handgriffe seine Toilette vollenden und es zu einem Wickelkinde erster Qualität machen würden, das förmlich die ganze Welt herausfordere, so wurde es ganz unerwartet in ein flanellenes Umschlagetuch gewickelt und zu Bette gebracht, wo es (um mit dem Kochbuche zu sprechen) zwischen zwei Decken eine gute Stunde lang schmoren musste. Diesem Zustande der Untätigkeit wurde es dann wieder ordentlich schweißtriefend und laut schreiend entrissen, um eine genügende Mahlzeit zu sich zu nehmen, worauf es abermals zu Bette ging.

Dieses Zwischenspiel machte sich Mrs. Peerybingle zunutze, um sich selbst auf anspruchslose Weise so niedlich herauszuputzen, als ihr nur all euer Lebtage irgend ein Frauenzimmerchen gesehen habt. Und während des kurzen Waffenstillstandes schlüpfte Miss Döskopp in einen Spenser von so wunderlicher und überraschender Fasson, dass er durchaus in keinem Verhältnisse zu ihr selbst oder irgend einem Ding unter der Sonne stand, sondern ein vereinzeltes, verschrumpftes, zerknittertes Faktum in der Welt abgab, das seine einsame Bahn ohne die mindeste Rücksicht auf irgend jemanden verfolgte.

Hierauf wurde das Kind, das inzwischen wieder geweckt worden war, durch die vereinten Bemühungen der Mrs. Peerybingle und Miss Döskopp mit einem rahmfarbigen Mantel für sein Körbchen und einer turbanartigen Nankingmütze für den Kopf bekleidet; und so gelangten denn mit Zeit und Weile alle drei vor die Haustüre hinaus, wo der alte Gaul stand und schon mehr als den vollen Wert seines täglichen Chausseegeldes aus der Landstraße gestampft hatte, weil er seine ungeduldigen Autographen in das Pflaster grub, und von wo aus man Boxer nur noch undeutlich in der weitesten Ferne erblickte, wie er sich umschauend dastand und gleichsam den Gaul aufmunterte, ihm ungeheißen nachzukommen.

Wenn ihr etwa glaubet, es wäre ein Stuhl, ein Wagentritt oder sonst etwas nötig gewesen, um Mrs. Peerybingle in den Wagen zu bringen, so kennt ihr darin den guten John Peerybingle sehr schlecht. Ehe nur jemand bemerkt haben konnte, dass er sie vom boden aufhebe, saß sie schon frisch und wohlbehalten auf ihrem Plätzchen und sagte schmollend: „Aber John! wie kannst du nur? … Denke doch an Tilly!"

Wenn es mir erlaubt wäre, auf irgend eine Weise der Beine eines jungen Frauenzimmers zu erwähnen, so möchte ich hier die Bemerkung einschalten, dass über denen der Miss Döskopp ein wahrer Unstern waltete, infolgedessen sie ganz eigentümlich befähigt war, sich wund zu stoßen, und dass sie nie über das geringste Hemmnis hinauf- oder herabklettern konnte, ohne dieses Erlebnis mit einer Kerbe so zu bezeichnen, wie Robinson Crusoe die Tage auf seinem hölzernen Kalender anzumerken pflegte. Da mir dies aber leicht als Verstoß gegen die gute Sitte ausgelegt werden könnte, so will ich es lieber für mich behalten. „Hast du den Korb mit der Kalbfleisch- und Schinkenpastete und den andern Sachen und mit den Bierflaschen eingepackt?" fragte Dot! – „Wenn du es vergessen hast, so musst du sogleich wieder umkehren, auf der Stelle!"

„Da kommst du mir schön an, Frauchen," versetzte der Kärrner, „wenn du mir wieder vom Umkehren sprichst, nachdem du mich schon eine ganze Viertelstunde über die Zeit aufgehalten hast!"

Dieser freundliche Zuspruch war an den Gaul gerichtet, der aber gar keine Notiz davon nahm.

„Bitte John! sage du doch Hü!" rief das Frauchen; – „das Tier versteht mich noch nicht!"

„Es wird Zeit genug dazu sein," meinte John, „wenn ich erst einmal anfange etwas zu vergessen. Der Korb ist wohl aufgehoben hier im Wagen."

„Ei, ei, was für ein hartherziger Unmensch bist du doch gewesen, John, dass du mir das nicht sogleich gesagt und mir den großen Schreck erspart hast!" rief Dot, – „ich sage dir, John, ich möchte um alles Geld in der Welt nicht ohne die Fleischpastete u.s.w. und die Bierflaschen zu der armen Berta gehen. Schon seit unserer Verheiratung, John, haben wir regelmäßig alle vierzehn Tage unsern kleinen Picknick dort gehalten. Wenn mir irgend einmal etwas dabei passieren sollte, könnte ich mein Lebtage nicht wieder mit mir zufrieden sein, und würde glauben, wir hätten gar kein Glück mehr!"

„Es war von vornherein ein guter Gedanke von dir," sagte der Kärrner, „und ich habe dafür um so mehr Respekt vor dir, liebes Weibchen!"

„Lieber John, rede doch nicht von Respekt!" sagte Dot

und war wie mit Purpur übergossen; – „Du lieber Gott!" „Beiläufig bemerkt, sagte der Kärrner, „jener alte Herr ..." Woher kam es wohl, dass Dot abermals so sichtlich und so plötzlich in Verlegenheit kam?

„Der alte Herr ist ein kurioser Kauz!" sagte der Kärrner und blickte stier vor sich hin die Straße entlang; – „ich kann gar nicht aus ihm klug werden. Ich glaube aber nicht, dass etwas Unrechtes an ihm ist!"

„O gewiss nicht," meinte dot; „ich bin fest überzeugt, dass er ein ganz harmloser Mensch ist!!

„So?" sagte der Kärrner, und der ernsthafte Ton ihrer Stimme zog seinen blick unwillkürlich auf ihr Gesicht; – „es ist mir sehr lieb, dass du davon so überzeugt bist, weil es gewissermaßen zur Bestätigung für mich dient. Es ist doch sonderbar, dass er sich's gerade in den Kopf gesetzt hat, uns um ein Obdach zu bitten und bei uns wohnen zu wollen, nicht wahr? Es passieren doch seltsame Dinge!"

„Sehr seltsame" , setzte sie leise hinzu, so leise, dass man es kaum hörte.

„Er ist übrigens ein sehr gutmütiger alter Herr!" sagte John, – „er bezahlt wie ein Ehrenmann, und wir können uns auch auf sein Wort verlassen, wie auf das eines Ehrenmannes. Ich hatte heut früh schon eine lange Unterredung mit ihm. Er versteht mich jetzt besser als früher, sagte er mir, weil er sich mehr an meine Stimme gewöhnt hat; er erzählte mir viel von seinem eignen Leben, und ich gab ihm einiges aus dem meinigen zum besten, und er stellte eine ganze Masse Fragen an mich. Ich gab ihm darüber Auskunft, wie ich in meinem Geschäfte eigentlich zwei Straßen zugleich befahre, nämlich den einen Tag rechts von unserem Hause weg und wieder zurück, den andern nach der Linken hin und wieder zurück (denn er ist hier fremd und kennt die Namen der Orte in unserer Gegend noch nicht), und das schien ihn sehr zu freuen. – „Aha," sagte er, „dann werde ich heute Abend bei der Heimkehr den Weg einschlagen, den Ihr macht, während ich zuvor glaubte, Ihr kämet aus einer ganz entgegengesetzten Richtung; ei das trifft sich ja allerliebst, da lass ich mich noch einmal in Euerm Wagen fahren, verspreche Euch aber, nicht wieder so tief einzuschlafen! … Ei Dot, warum so gedankenvoll, was geht denn dir durch dein Köpfchen?"

„Woran ich denke, John?" fragte Dot lächelnd, „je nun, ich … ich hörte dir zu!"

„Oho, dann bin ich zufrieden!" sagte der ehrliche Kärrner, „ich fürchtete nach deiner Miene, dass ich solange an dich vorbeigeschwatzt habe, bist du an etwas ganz anderes dachtest! Meiner Treu, ich war nahe daran!"

Dot gab keine Antwort, und so fuhren sie denn eine Weile in tiefem Stillschweigen weiter. Aber es war nicht möglich, in Johns Peerybingles Fuhrwerk lange still zu bleiben, denn jeden Augenblick hatte irgend eine andere Person, der man auf dem Wege begegnete, irgend etwas zu sagen, und wäre es auch nur ein „guten Tag!" oder „wie geht's?" gewesen; und es war auch in der Tat manchmal sonst nichts, aber es gehörte doch, um es mit entsprechender Herzlichkeit und Anmut zu erwidern, nicht nur ein Kopfnicken und ein Lächeln dazu, sondern auch eine ebenso heilsame Bewegung der Lungen, als zu einer weitläufigen Parlamentsrede. Manchmal schlossen sich Fußgänger oder Reiter auf ein Stück weit an den Wagen an, um einiges zu plaudern, und trabten eine Weile neben dem Wagen her, wo es denn an beiden Seiten an Stoff zu einem Gespräche gar nicht fehlte.

Auch Boxer gab dem Kärrner da und dort zu mehr

freundlichen Erkennungsszenen Gelegenheit, als ein halbes Dutzend Christenmenschen! Jedermann kannte ihn den ganzen Weg entlang, hauptsächlich aber das Geflügel und die Schweine, die sich, wenn sie ihn herankommen sahen (den ganzen Leib nach einer Seite hingedreht, mit horchend gespitzten Ohren und rüstigem Wedeln des kleinen Stumpfschwänzchens), alsbald in der fernsten Hinterhäuser zurückzogen, ohne die Ehre einer nähern Bekanntschaft abzuwarten.

Boxer machte sich allenthalben etwas zu schaffen: er musste hinter alle Ecken gehen, in alle Brunnen blicken, in allen Hütten aus- und einlaufen, ja sogar in das Heiligtum der Mädchenschule einbrechen; er verscheuchte alle Tauben, verlängerte die Schwänze aller Katzen und ging in jedem Wirtshause ab und zu, wie ein regelmäßiger Stammgast. Wo er auch ging oder stand, hörte man gewiss jemand rufen: Holla, da ist ja Boxer! Und alsdann kam gewiss dieser jemand in Begleitung von etlichen andern jemanden zur Tür hinaus, um John Peerybingle und seinem hübschen Weibchen guten Tag zu bieten.

Des Gepäckes und der Pakete, die man dem vorbeifahrenden Karren anvertraute, gab es eine wahre Anzahl, und man musste natürlich ebenso oft anhalten, um derartige Gegenstände einzunehmen als die Frachtstücke abzugeben; und diese Pausen bildeten bei weitem nicht den schlimmsten Teil der Reise.

Manche Leute waren so erpicht und voll Erwartung wegen ihrer Pakete und andere so voll Bewunderung über ihre Frachtstücke, und wieder andere Leute waren wegen der Bestellung darauf so unerschöpflich in Ratschlägen, und John nahm ein so lebhaftes Interesse an jedem Päckchen, dass das ganze einer wahren Komödie glich. Außerdem waren auch noch Gegenstände fortzuschaffen, die gar reiflicher Erwägung und Beratung bedurften und wegen deren Unterbringung und Bequemlichkeit die Versender mit dem Fuhrmann gewissermaßen erst Kriegsrat zu halten schienen, dem Boxer natürlich auch anwohnte, wobei er seine tiefste Aufmerksamkeit in kurzem Gebell und seine Teilnahme in ewigem tollen Umhererrennen und Umstreifen der versammelten Weisen zu erkennen gab und sich bei dieser Bemühung fast heiser bellte.

Bei all diesen kleinen Zwischenfällen war Dot eine freundliche, aufmerksame Zuschauerin von ihrem Sitze im Wagen aus; und wie sie so dasaß und herausblickte – ein allerliebstes kleines Porträt, das die Wagendecke aufs niedlichste einrahmte, – da fehlte es nicht an nickenden Winken, an neidischen und bewundernden Blicken, an Ellenbogenstößen und Geflüster unter den jüngeren Männern, das kann ich euch versichern. Und dies freute John, den Kärrner, über alle Maßen, denn es machte ihn ordentlich stolz, wenn man sein niedliches Weibchen bewunderte; wusste er ja doch, dass sie sich darum gar nicht bekümmerte, ja dass es ihr im Gegenteile nicht einmal gefiel.

Das Wetter für die Spazierfahrt war freilich etwas neblig, wie es im Januar gewöhnlich ist, und etwas kalt und rau. Aber wer kümmerte sich um derartige Kleinigkeiten? Dot gewiss nicht. Auch Tilly Döskopp nicht, denn der schien es unter allen Umständen der höchste Genuss auf Erden zu sein, in einem Wagen fahren zu dürfen; wenn sie das konnte, waren ihre kühnsten irdischen Wünsche gekrönt. Das Wickelkind auch nicht, das will ich beschwören; denn es liegt nicht in der Natur eines Wickelkindes, wärmer zu liegen und gesünder zu schlafen, als dem lieben kleinen Peerybingle auf dem ganzen Wege begegnete, obwohl die kleinen Wickelkinder in dieser Beziehung ganz absonderliche Fähigkeiten an den Tag legen.

Natürlich konnte man in dem Nebel nicht weit sehen; aber man konnte dafür viel sehen, unendlich viel! – es ist merkwürdig, wie viel man selbst noch in einem weit dichteren Nebel, als dieser war, sehen kann, wenn man sich nur die Mühe nehmen will, danach umzublicken. Ja selbst die Beobachtung der Elfenringe in den Feldern und der Flecken von Reif, die noch an Hecken und unter Bäumen im Schatten lagen, war eine angenehme Beschäftigung – der unerwarteten possierlichen Gestalten gar nicht zu gedenken, in denen die Bäume aus dem Nebel hervortraten und sich wieder darin versteckten.

Die Hecken waren alle kahl und kraus und wogten im Winde wie eine Reihe verwelkter Kränze; aber es lag durchaus nichts Trauriges, Entmutigendes darin, sondern war vielmehr gar lieblich anzuschauen, denn es machte für jetzt das warme Eckchen am Kamin um so traulicher und den künftigen Sommer um so grüner und hoffnungsvoller. Der Fluss war zwar frostig anzuschauen, aber er zeigte doch Bewegung und rauschte mit raschen Schritten dahin, und das war schon viel.

Der Kanal war dafür eher träge und langsam, das musste man zugeben; es schadete aber nichts, denn dafür überfror er auch um so rascher, sobald Frost eintrat, und dann gab's Schlittern und Schlittschuhlaufen auf dem Eise den lieben langen Tag, und die schwerfälligen alten Barken und Flussschiffe, die eingefroren am nächsten besten Landungsplatze lagen, ließen dann ihre eisernen, rostigen Kamine den ganzen Tag rauchen und hatten eine müßige, faule Zeit.

Auf einer Stelle am Wege brannte ein großer Haufen von Binsen, Unkraut oder Stoppeln, da konnte man das

Feuerchen beobachten, das im Tageslicht so weiß durch den Nebel schien und nur da und dort rote Funken sprühen ließ, bis Miss Döskopp zu husten anhub, weil sie Rauch geschluckt habe, wie sie vorgab (sie konnte überhaupt bei der geringsten Veranlassung in eine derartige Lungenbewegung ausbrechen), und das Kind aufweckte, dass nun nicht wieder einschlafen wollte. Boxer aber, der dem Wagen um eine Viertelmeile etwa vorangeeilt war, hatte schon das Weichbild der Stadt überschritten und die Ecke des Gässchens erreicht, in dem Kaleb und seine Tochter wohnten; und lange bevor der Wagen mit seiner teuern Fracht bei dem Häuschen ankam, wartete er schon mit dem blinden Mädchen auf dem Pflaster vor dem Hause, um seine Herrschaft zu bewillkommen.

Boxer hatte, beiläufig gesagt, seine eigenen zartfühlende Weise, mit Berta zu verkehren, aus der ich zufällig schließe, er müsse gewusst haben, dass sie des Gesichtssinnes beraubt sei. Er suchte nämlich ihre Aufmerksamkeit niemals dadurch auf sich zu ziehen, dass er sie anblickte, wie er es meist bei andern Leuten zu tun pflegte, sondern er berührte sie beständig oder gab sich ihr wenigstens durch Laute zu erkennen.

Ob er sich diese Erfahrung je an blinden Hunden oder blinden Leuten erworben, vermöchte ich wahrlich nicht zu sagen. Soviel ist gewiss, er hatte nie einen blinden Herrn gehabt; auch war weder Mr. Boxer der Vater, noch Mrs. Boxer die Mutter, noch irgend ein anderes Mitglied seiner Familie von beiden Seiten her mit Blindheit behaftet gewesen, soviel ich weiß.

Er mag vielleicht selbst auf diese Entdeckung gekommen sein, vielleicht hat sie sich auch ihm nur als Bemerkung irgendwo aufgedrängt: soviel ist aber jedenfalls gewiss, dass er sie sich zu Nutze gemacht hatte, und darum hielt er auch Berta an einem Zipfel ihres Kleides fest und ließ sie nicht eher los, als bis Mrs. Peerybingle mit dem Kleinen und Tilly Döskopp mit dem Proviantkorbe wohlbehalten ins Haus gelangt waren. Jungfer Fielding war bereits da, und ihre Mutter ebenfalls – ein kleines zanksüchtiges Rippenstück von halbvornehmer Matrone mit einem ärgerlichen Gesicht, die für wunderschön gewachsen gelten wollte, weil sie sich ihre Taille so dürr erhalten hatte wie einen Bettpfosten; und die ein äußerst herablassendes, leutseliges aber vornehmes Wesen hatte, weil sie sich einst in bessern Verhältnissen befunden hatte – (oder wenigstens an der fixen Idee litt, dies würde der Fall gewesen sein, wenn irgend etwas eingetroffen wäre, was übrigens nie eintreffen zu wollen schien oder vermochte) – doch das bleibt für uns gleich. Gruff und Tackleton war ebenfalls hier und spielt bei seiner Braut den Angenehmen, allein man sah's ihm deutlich an, dass er sich darin ebenso vollkommen heimisch und ebenso unzweifelhaft in seinem Element fühlte, als eine lebendige junge Lachsrolle, die man auf der Spitze der großen Pyramide gebracht haben würde. „Marie! meine liebe, alte Freundin!" rief Dot hocherfreut und so herzlich wie sie, und ihr dürft mir glauben, es war wirklich allerliebst anzusehen, wie sich beide umarmten. Es stand außer aller Frage, dass Tackleton ein Mann von Geschmack sei, denn Marie war ein sehr hübsches Mädchen.

Ihr habt gewiss schon zuweilen die Erfahrung gemacht, dass ein hübsches Gesicht, an das ihr einigermaßen gewöhnt seid, für einen Augenblick alltäglich und minder schön zu sein und kaum die hohe Meinung zu verdienen scheint, die ihr davon hegt, sobald es in Berührung mit einem andern neuen, hübschen Gesichte kommt. Dies war aber hier durchaus nicht der Fall, weder bei Marie noch bei Dot, denn Mariens Gesicht bildete eine Folie für Dots, und Dots Gesichtchen hob das Maries auf so natürliche und angenehme Weise hervor, dass sie, wie John Peerybingle beinahe gesagt hätte, als er ins Zimmer trat, – eigentlich füglich hätten Schwestern sein müssen – die einzige Verbesserung, die man ihnen billigerweise hätte zumuten können.

Tackleton hatte seine Hammelkeule mitgebracht und – eine wunderbare Großmut! – noch eine Torte dazu; – aber man erlaubte sich schon mal eine Verschwendung, wenn es sich um eine Braut handelt; man verheiratet sich ja nicht alle Tage; – und als Zubuße zu diesen Leckerbissen war noch die Schinken- und Kalbfleischpastete und die „andern Dinge“ da, wie sie Mrs. Peerybingle nannte, die hauptsächlich in Nüssen und Orangen, in Kuchen und andern Kleinigkeiten bestanden. Als das Mal auf den Tisch gesetzt wurde und Kalebs Beitrag, der in einer großen, hölzernen Schüssel voll dampfender Kartoffel bestand (es war ihm nämlich durch feierlichen Vertrag verboten, eine andere Speise vorzusetzen), ebenfalls aufgetragen wurde, führte Tackleton seine zukünftige Schwiegermutter an den Ehrenplatz. Um diesem Stuhle und dem hohen Feste desto mehr Ehre zu machen, hatte sich die majestätische liebe, alte Seele mit einer Haube herausgeputzt, die auch dem Leichtsinnigsten Anwandlungen der innigsten Ehrfurcht abzunötigen geeignet war. Sie trug heute auch Handschuhe; – nur vornehm, oder lieber sterben!

Kaleb saß neben seiner Tochter. Dot und ihre alte Schulgefährtin saßen nebeneinander, der gute, alte Kärrner ließ sich am Ende des Tisches genügen. Miss Döskopp saß vorerst ganz allein, denn man hatte sie von allen möglichen Gegenständen des Mobiliars isoliert, mit Ausnahme des Stuhls, worauf sie saß, damit ja nichts in der Nähe sei, woran sie mit dem Kopf des Kindes anstoßen könnte.

Wie Tilly alle Puppen und Spielsachen um sich her mit großen Augen anstarrte, so schauten auch diese sie und die ganz Gesellschaft an. Die ehrwürdigen alten Herrn vor den Haustüren (die alle in vollster Rührigkeit waren) zeigten ein besonderes Interesse an der Gesellschaft, indem sie zuweilen inne hielten, bevor sie sich umschwangen, als ob sie einen Augenblick der Unterhaltung lauschten, und dann sich wilden Mutes viel Dutzend Mal um und um schwangen, ohne anzuhalten, um Atem zu schöpfen – wie in aberwitzigem Entzücken über das, was um sie her vorging.

Wenn allerdings diese alten Herren irgend aufgelegt waren, eine teuflische Freude über die Betrachtung der schlimmen Laune des alten Tackletons zu empfinden, so hatten sie allen Grund, damit zufrieden zu sein. Tackleton konnte sich durchaus nicht in seine Lage finden, es war ihm nicht möglich, es sich behaglicher zu machen; je lustiger sein künftige Braut in Dots Gesellschaft wurde, desto mehr verdross das ihn, obwohl sie der alte Neidhammel ja eigens zu diesem Zweck hier hergebracht hatte. Neidhammel? ja, das ist das rechte Wort für Tackleton, denn wenn sie lachte, und er natürlich nicht einstimmen konnte, setzte er sich's stets und fest in den Kopf, sie lache über ihn.

„Ach, Marie!" sagte Dot, – „du liebe Zeit, wie ändert sich doch alles in der Welt! Es macht einen ordentlich wieder jung, von den lustigen Tagen unserer Schulzeit zu plaudern!" „Oho," brummte Tackleton, – „ich denke, Ihr seid jedenfalls noch nicht sonderlich alt!"

„Seht nur meinen guten, ernsten, gedankenvollen Mann dort an!" fuhr Dot fort; – „er macht mich wenigstens um zwanzig Jahre älter, – nicht wahr, John?"

„Um vierzig Jahre!“ sagte John?“

„Um wie viel Jahre Ihr Marien älter macht, das kann ich wirklich nicht erraten!“ sagte Dot lachend zu Tackleton; – „aber das weiß ich, dass sie an ihrem nächsten Geburtstag kaum weniger als hundert Jahre zählen kann!“

„Hahaha!“ lachte Tackleton, zwar so hohl wie eine Trommel, aber es war doch gelacht; – auch schaute er ganz drein, als ob er dafür ohne sonderliches Missbehagen Dot hätte den Hals umdrehen können.

„Du lieber Gott!“ rief Dot, „wenn ich noch daran denke, was wir uns in der Schule für Pläne von den Männern machten, die wir uns aufsuchen wollten! Ich weiß gar nicht mehr, wie jung und wie hübsch und wie lustig und wie zuvorkommend der meinige hätte sein sollen! ... Und nun gar der deinige, Marie! – Du lieber Gott, ich weiß nicht, ob ich lachen oder weinen soll, wenn ich daran denke, was für törichte Mädchen wir damals waren!“

Marie schien zu wissen, was sie darüber tun sollte; ihre Wange wurde auf einmal purpurrot, und in ihrem Auge perlte eine Träne.

„Selbst die Personen – wirkliche lebendige junge Männer – suchte wir uns zuweilen damals aus!“ fuhr Dot fort; „wir hatten freilich keine Ahnung davon, wie es noch mit uns gehen würde. Soviel weiß ich gewiss, dass ich mit damals John nicht wählte! Ich dachte nicht an ihn. Und wenn ich dir damals gesagt hätte, du solltest einmal Mr. Tackleton heiraten, Marie, du hättest mir wahrscheinlich einen Klaps gegeben! Hab’ ich nicht recht, Marie?“

Obwohl Marie nicht ja sagte, so sagte sie gewiss auch nicht nein, nicht einmal mit der leisesten Miene.

Tackleton lachte – er wieherte sogar, so laut war sein Gelächter. John Peerybingle lachte ebenfalls, aber auf seine gewöhnliche, gutmütige und bescheidene Weise, aber Tackletons Lachen gegenüber war das seinige nur das Flüstern eines Gelächters.

„Es half Euch doch alles nichts, seht Ihr! Ihr konntet uns doch nicht widerstehen!" rief Tackleton; – „da sind wir nun, wohl bestellt und leibhaftig, und wo sind denn Eure jungen, lustigen Bräutigame geblieben?"

„Einige davon sind tot!" versetzte Dot halblaut; – „und einige davon sind vergessen. Einige davon, wenn sie in diesem Augenblick unter uns treten könnten, würden nicht glauben, dass wir noch dieselben Geschöpfe seien – sie würden ihren Augen und Ohren nicht trauen, noch glauben, wir haben sie so vergessen können. – Nein, gewiss würden sie kein Wort davon glauben."

„Warum nicht gar, Dot!" rief der Kärrner; – „schelmisches Weibchen!"

Sie hatte mit solchem Ernste und Feuer gesprochen, dass sie allerdings einer kleinen Abmahnung bedurfte. Ihres Gatten Tadel war äußerst zart, denn er schlug sich nur ins Mittel, weil er glaubte, Tackleton müsse sich hierüber ärgern, und weil er ihm dies in seiner Gutmütigkeit ersparen wollte; allein der Wink ergab sich als sehr wirksam, denn Dot brach plötzlich ab und äußerte kein Wörtchen mehr. Es lag sogar noch in ihrem Stillschweigen eine ungewöhnliche Aufregung, die dem schlauen Tackleton nicht entging, als er sie mit seinem einen Auge beobachtete; er behielt es auch in gutem Gedächtnisse, wie man bald sehen wird. Marie gab weder in Gutem noch in Bösem ein Wörtchen von sich, sondern saß ganz stille und nahm an allem, was um sie her vorging, auch nicht den mindesten Anteil. Ihre Mutter, die gute Dame, schlug sich jetzt ins Mittel mit der Bemerkung: erstens seien Mädchen Mädchen, und vergangen sei vergangen, und solange junge Personen noch jung und leichtsinnig seien, würden sie sich vermutlich auch wie junge und leichtsinnige Personen betragen – nebst noch etlichen anderen Erfahrungssätzen von nicht minder folgerichtiger und unbestreitbarer Art. Alsdann bemerkte sie mit sehr frommer Miene, sie danke dem Himmel, dass er sie an ihrer Tochter Marie stets ein gehorsames, gutes Kind habe finden lassen, womit sie sich eigentlich gar nicht rühmen wolle, obwohl sie alle Ursache habe zu glauben, dies rühre ganz allein von der Erziehung her, die sie ihrer Tochter gegeben hätte.

Was nun Mr. Tackleton anbelangte, meinte sie, sei er vom moralischen Gesichtspunkte aus ein ganz untadelhafter Mensch, und in Beziehung auf seine Befähigung zum Ehemann werde ihr gewiss niemand bestreiten können, dass er in jeder Hinsicht ein ganz trefflicher Tochtermann für sie sei. (Darauf legte sie auch einen ganz besondern Nachdruck.)

In betreff der Familie, in die Mr. Tackleton nach unterschiedlichen Bedenken nun bald aufgenommen werden solle, setzte sie voraus Herr Tackleton wisse, dass sie trotz ihren herabgekommenen Vermögensumständen doch noch einigen Anspruch auf vornehme Abkunft habe; und dass, wenn gewisse Umstände, die – sie wolle es hier nur kurz berühren – mit dem Indigohandel zusammenhängen, ein anderes Ende genommen hätte, ihre Familie jetzt vielleicht im erwünschtesten Wohlstande wäre.

Hierauf bemerkte sie, sie wolle nicht auf die Vergangenheit anspielen und nicht davon reden, dass ihre Tochter eine Zeitlang Mr. Tackletons Bewerbungen ausgeschlagen habe; sie wolle auch nicht von manchen andern Dingen reden – die sie gleichwohl noch des langen und breiten berichtete. Schließlich gab sie noch als allgemeines Ergebnis ihrer Beobachtungen und Erfahrung zum Besten, dass die Ehe stets die allerglücklichsten seien, wobei am wenigsten von dem ins Spiel komme, was man romantischer- und törichterweise Liebe nenne; und dass sie von der bevorstehenden Heirat den größtmöglichen Grad von Glück erwarte – nicht von überschwänglichem , phantastischem Glück, sondern von der dauerhaften, anhaltenden Gattung.

Zu guter Letzt setzte sie noch die Gesellschaft davon in Kenntnis, dass morgen der Tag sei, für den sie ausdrücklich gelebt habe, und dass sie, wenn er vorüber sei, keinen andern Wunsch hege, als ihr Bündel schnüren zu dürfen, um nach irgend einem standesgemäßen Begräbnisplatze gebracht zu werden.

Da diese Bemerkungen über allen Widerspruch erhaben waren und eine Erwiderung gar nicht bedurfte, eine glückliche Eigenschaft, die allen Erörterungen zukommt, die sich in genügender Entfernung vom Gegenstand der Rede halten – so änderten sie auch den Standpunkt des Gesprächs und lenkten die allgemeine Aufmerksamkeit auf die Fleischpastete, die kalte Hammelkeule, die Kartoffeln und die Torte. Damit die Bierflaschen nicht vergessen würden, brachte John Peerybingle einen Trinkspruch auf morgen als den Hochzeitstag aus und bat die Anwesenden, mit ihm ein Glas zu Ehren des festlichen Tages zu leeren, bevor er seine Wanderung weiter fortsetze.

Ihr müsst nämlich wissen, dass John hier nur eine kurze Rast machte, und seinem alten Gaule etwas Salz und Brot vergönnte. Er hatte wenigstens noch fünf bis sechs Meilen zurückzulegen, wollte abends auf dem Rückwege Dot hier abholen und dann abermals eine kurze Rast im Hause machen, bevor er den Rest des Heimweges zurücklegte. Das war die Tagesordnung für jede Picknickpartie, und war seit deren Errichtung jedes Mal getreulich befolgt worden.

Außer Braut und Bräutigam waren aber noch zwei Personen unter den anwesenden, die den Trinkspruch sehr gleichgültig aufnahmen. Die eine davon war Dot, die allzu verlegen und aufgeregt war, um sich in den unerwarteten Zwischenfall finden zu können; die andere war die arme Berta, die eilends und noch vor den übrigen aufstand und den Tisch verließ „Gott befohlen!" rief der stämmige John Peerybingle und schlüpfte in seinen dichten, warmen Überrock; „ich werde zur gewohnten Zeit wieder hier sein. Behüte Euch Gott samt und sonders!"

„Behüte Euch Gott, John!" sagte Kaleb.

Er schien es jedoch ganz gedankenlos zu sagen und ihm auf dieselbe unbewusste Weise mit der Hand zuzuwinken, denn er beobachtete eben Berta mit ängstlichem, verwundertem Gesicht und wandte kein Auge von ihr ab.

„Gott behüte dich, kleiner Schelm!" rief der muntere Kärrner und beugte sich über sein Kind, um es zu küssen, denn Tilly Döskopp, die jetzt mit Messer und Gabel hantierte, hatte den schlafenden Kleinen (und merkwürdigerweise diesmal ohne Schaden) in ein kleines Wiegebette von Bertas kunstfertiger Hand niedergelegt; – „Gott befohlen, mein Kleiner! die Zeit wird hoffentlich auch noch kommen, wo du in die kalte Luft hinausgehen und dein alter Vater ruhig im Genuss seiner Pfeife und seiner Gicht in der Kaminecke sitzen lassen wirst, kleiner Schelm! He, wo ist denn Dot?"

„Hier bin ich, John!" rief sie und sprang vom Stuhle auf.

„Komm, komm!" rief der Kärrner und klatschte laut in die Hände; – „wo ist meine Pfeife?"

„Ach, die Pfeife habe ich ganz vergessen, John!" gab

sie mit verlegenem Erröten zur Antwort, – die Pfeife vergessen? Sie hatte die Pfeife vergessen? Hatte man je etwas Derartiges gehört? „Ich will – ich will sie sogleich stopfen; es ist gleich geschehen!“ rief sie, sich entschuldigend.

Es war aber nicht so schnell geschehen. Die Pfeife stak nämlich an ihrem gewöhnlichen Plätzchen in der Tasche des warmen Winterrocks samt dem kleinen Tabaksbeutel, den sie selbst verfertigt hatte und aus dem sie die Pfeife zu stopfen pflegte; allein ihre Hand zitterte so sehr, dass sie sich in den Schnüren verwickelte (und ihre Hand war klein genug, um sich darin zu verfangen) und gar nicht damit vom Flecke kam. Das Stopfen und Anzünden der Pfeife – diese kleinen Dienstleistungen, in denen ich ihr schon oben besondere Kunstfertigkeiten zugeschrieben hatte, wenn ihr euch noch dessen entsinnt, gelangen diesmal nur schlecht. Während des ganzen Prozesses schaute Tackleton sie mit seinem halbgeschlossenen Auge an, und dies vermehrte ihre Verlegenheit noch, so oft sie es gewahr wurde. „Ei, ei, wie ungeschickt du heute bist, Dot!“ rief John; – „ich glaube wahrlich, ich selbst hätte es weit besser besorgt!“ Mit diesem gutmütigen Tadel entfernte er sich, und man hörte ihn einen Augenblick später mit Boxer, dem alten Gaul und dem Wagen muntere Musik die Straße entlang machen. All diese Zeit stand der träumerische Kaleb ganz stille und beobachtete noch immer mit unverändertem Ausdruck im Gesicht seine blinde Tochter.

„Berta,“ fragte Kaleb sanft, – „was ist geschehen? Wie sehr hast du dich doch in den paar Stunden seit heute früh verändert, mein gutes Kind? Du bist ja den ganzen Tag schon wortkarg und traurig; was soll denn das heißen? Sprich!“ „O Vater, Vater!“ rief das blinde Mädchen und brach plötzlich in Tränen aus; – „ach, mein hartes, schweres Geschick!“ Kaleb fuhr mit der Hand über die Augen, bevor er ihr zu antworten vermochte.

„Aber denke nur, wie fröhlich und wie glücklich du gewesen bist, Berta!“ flüsterte er ; – „wie gut du warst und wie lieb dich so viele Leute hatten!“

„Das bricht mit doch das Herz, bester Vater!“ fuhr sie fort; – „sie war immer so rücksichtsvoll gegen mich, so gütig und wohlwollend!“

Kaleb war viel zu verwirrt, als dass er sie hätte verstehen können.

„Blind – blind zu sein, Berta, mein liebes Kind, ist freilich ein großes Unglück!“ stammelte er; „allein ...“ „Ich habe dies Unglück nie gefühlt!“ rief das blinde Mädchen, ich habe es wenigstens nie in seiner ganzen Größe gefühlt! Niemals. – Zuweilen habe ich freilich gewünscht, ich könnte dich oder ihn sehen; nur ein einziges Mal, bestes Väterchen, nur für eine einzige kurze Minute, damit ich wenigstens wisse, was ich hier“ – dabei legte sie die Hand auf die Brust – „was ich hier aufstaple und aufbewahre! Damit ich gewiss wäre, dass ich Recht habe! – Und zuweilen habe ich freilich (besonders noch in meinen Kinderjahren) bei Nacht bitterlich geweint und gebetet, bei dem Gedanken, eure Bilder, wenn sie aus meinem Herzen zum Himmel steigen, könnten nicht die rechten Ebenbilder von euch sein. Aber niemals habe ich derartige Empfindungen lange aufbewahrt; sie sind an mir vorübergezogen und haben mich hernach ruhig und zufrieden gelassen.“

„Sie werden auch jetzt wieder verschwinden!“ sagte Kaleb. „Ach Väterchen, liebes, bestes Väterchen! habe Nachsicht mit mir und vergib mir, wenn ich unrecht tue!“ rief das blind Mädchen; – „dies ist nicht der Kummer, der mich jetzt so niederdrückt!“

Ihr Vater konnte unmöglich den freien Lauf seiner Tränen verbergen, als sie so ernst und so rührend zu ihm sprach; allein noch immer verstand er sie nicht.

„Bring' sie zu mir her !" rief Berta. „Ich kann es nicht bei mir behalten und in meinem Busen zurückdrängen; ich bitte dich Väterchen, bring' sie zu mir her!"

Sie merkte, dass er zögerte, und sagte: „Bring' Marie, bring' sie zu mir her!"

Marie hörte ihren Namen nennen, trat auf das blinde Mädchen herzu und tippte sie auf den Arm. Die Blind wandte sich hastig um und erfasste sie mit beiden Händen.

„Blicken Sie mir ins Gesicht, liebes, gutes Herzchen!" sagte Berta zu ihr; – „lesen Sie es selbst mit Ihren schönen Augen und sagen Sie mir, ob nicht die Wahrheit darauf geschrieben steht!" „Ei freilich, liebe Berta!" versetzte das Mädchen.

Die Blinde, über deren augenloses Antlitz noch immer dicke Tränen herabrannen, erhob jetzt den Kopf gen Himmel und redete sie folgendermaßen an:

„Es lebt kein Wunsch oder Gedanke in meiner Seele, der nicht Ihr Wohl beträfe, schöne Maria! Es ist keine dankbare Erinnerung in meinem Gemüte stärker als der Gedanke an die manchen lieben Male, wo Sie, in der vollen Blüte der Schönheit und der Sehkraft, der armen blinden Berta freundlich begegneten, selbst als wir noch Kinder waren, oder als die arme Berta noch so kindisch war, wie sie es bei ihrer Blindheit nur sein konnte! – Aller Segen des Himmels komme auf Ihr Haupt! Alles Licht auf Ihre fernere glückliche Laufbahn! Wenn mir gleichwohl, meine gute Maria!" setzte sie hinzu, und zog das Mädchen in festerer Umarmung an sich, – „wenn mir gleichwohl, mein gutes Mädchen, heute der Gedanke, dass sie seine Gattin werden sollen, beinahe das Herz abgedrückt hat! – Vater, Mariechen, Marie! Ach vergebt mir, dass es so ist, um alles dessen willen, womit er die Langeweile und Öde meines dunklen Lebens aufzuhellen und zu trösten bemüht war und um des Zutrauens willen, das ihr in mich setzt – vergebt mir, wenn ich den Himmel zum Zeugen aufrufe, dass ich ihm keine Frau wünschen könnte, die seines guten Herzens würdiger wäre."

Mit diesen Worten hatte sie Marie Fieldings Hände losgelassen, ihre Kleider erfasst, und eine Stellung angenommen, die zugleich Flehen und Liebe ausdrückte; während sie aber dieses seltsame Bekenntnis ablegte, sank sie immer tiefer herab, bis sie am Ende zu den Füßen ihrer Freundin auf den Knien lag und ihr blindes Gesicht in den Falten ihrer Kleider verbarg. „Allmächtiger Gott!" rief ihr Vater, dem sich nun mit einem Male die ganze Wahrheit kundtat, – „habe ich sie von Kindheit auf betrogen, um ihr damit am Ende gar noch das Herz zu brechen?"

Es war für sie alle ein glücklicher Zufall, dass Dot, das muntere, rührige, gescheite, hübsche Weibchen – denn das war sie bei allen ihren Fehlern, und wiewohl ihr sie bald noch recht hassen lernen werdet – es war für sie alle ein glücklicher Zufall, sage ich, dass Dot hier war, sonst mag kein Mensch wissen, wie das noch geendet hätte. Allein Dot, die plötzlich ihre Geistesgegenwart wiedergewonnen hatte, schlug sich ins Mittel, ehe Marie noch antworten oder Kaleb ein Wörtchen mehr äußern konnte. „Komm, meine liebe Berta! Komm mit mir! Gib ihr den Arm. Marie. So, seht nur, wie ruhig sie schon wieder ist, und wie lieb sie ist, dass sie auch wieder an uns denkt!" rief das heitere junge Weibchen und küsste die Blinde auf die Stirn; – „komm mit uns, liebe Berta! Komm! Dein lieber Vater hier muss auch mit uns kommen; nicht wahr Kaleb? Ei natürlich!“ Ja, ja, Dot war in solchen Sachen ein ganz verführerisches Wesen, und es hätte eine recht verstockte Natur dazu gehört, um ihrem Einflusse zu widerstehen. Als sie den armen Kaleb und seine Tochter beiseite gebracht hatte, damit sie sich beide trösten und beruhigen möchten, wie sie es allein verstanden, kam sie sogleich wieder zurückgesprungen – um bei dem misstrauischen, alten Frauenzimmer in der Haube und den Handschuhen gewissermaßen Schildwache zu stehen und die kuriose, alte Haut von möglichen Entdeckungen abzuhalten.

„Nun bring' mir einmal das liebe Kindchen hierher, Tilly!“ rief sie jetzt und zog sich einen Stuhl vor den Kamin; – „und während ich es hier in meinem Schoße wiege, Tilly, wird mich die liebe Mrs. Fielding hier in der Behandlung und Pflege kleiner Kinder unterrichten, und mir in zwanzigerlei Punkten, über die ich ganz und gar nicht mit mir im reinen bin, die nötige Zurechtweisung erteilen. Darf ich Sie darum bitten, Mrs. Fielding?“

Ihr hättet sehen sollen, wie bereitwillig und arglos die eitle alte Dame in diese Falle ging, so schlimm sie auch in diesem Augenblicke gelaunt war. Der Umstand, dass sich Tackleton entfernt hatte, sowie, dass ein paar Personen in einiger Entfernung von ihr eine Weile plauderten, ohne sich weiter um sie zu kümmern, hatte hingereicht, ihr Zartgefühl und ihren Ehrgeiz zu verletzen, und sie für einen ganzen Tag an das Fehlschlagen jener geheimen Spekulation im Indigohandel zu erinnern.

Allein diese demütige Ansprache an ihre Erfahrung von Seiten der jungen Mutter war jetzt so unwiderstehlich, dass sie nach kurzem Demutsheucheln mit der größten Bereitwilligkeit ihren Vortrag begann und , stocksteif der verschmitzten Schelmin gegenübersitzend, in einer halben Stunde mehr untrügliche Hausmittelchen und Verhaltensmaßregeln für Mütter und Kinder zum besten gab, als im Falle der Anwendung hingereicht haben würde, einen jungen Simson, geschweige denn einen jungen Peerybingle umzubringen.

Um einige Abwechslung in die Unterhaltung zu bringen, nähte Dot ein wenig – sie trug immer den Inhalt eines ganzen Arbeitstischchens in der Tasche, aber Gott weiß, wie sie das anstellte; – dann hätschelte sie wieder den Kleinen, dann gab's wieder zu nähen; dann hatte sie wieder etwas mit Marien zu wispern, während die alte Dame schlief, und so ging es fort in allerhand kleinen Geschäften, bis der ganze Nachmittag um war, der ihr gar nicht langweilig wurde. Als es endlich dunkelte, macht sie (da es ein ausdrücklicher Paragraph in den Statuten der Picknickpartie war, dass Dot an diesem Tage der armen Berta alle Wirtschaftsgeschäfte abnehme) das Feuer wieder an, scheuerte den Herd, setzte das Teebrett heraus, zog die Vorhänge des Fensters zu und steckte eine Kerze an.

Hierauf spielte sie ein paar Weisen auf einer kunstlosen Harfe, die Kaleb für die arme Berta verfertigt hatte, und spielte sie recht hübsch, denn die gütige Natur hatte ihr ein ausgezeichnetes Gehör für Musik gegeben, einen köstlichen Schatz für ein Ohr, der die reichen Juwelen vollauf ersetzten, die andere, minder begabte Damen der höhern Stände dort tragen. Unter derartigen Geschäften kam denn allmählich die anberaumte Zeit für den Tee heran, und Tackleton fand sich wieder zur Gesellschaft ein, um an dem Mahle teilzunehmen, und den Abend im Kreise unserer Bekannten zuzubringen.

Kaleb und Berta waren schon etwas früher ins Zimmer

zurückgekehrt, und Kaleb hatte sich zu seinem gewohnten Tagewerk gesetzt; allein er konnte nicht damit zustande kommen, der arme Mann, weil ihn Sorge für seine Tochter und Reue über die Täuschung quälten, die er sich mit ihr erlaubt hatte. Es war gar rührend anzusehen, wie er hier müßig auf seinem Werkstuhle saß und ihr so besorgt und forschend ins Angesicht blickte, und sich immer im stillen den Vorwurf vorhielt: „So hab' ich sie also von Jugend auf täuschen und hintergehen müssen, um ihr endlich damit das Herz zu brechen."

Als es Nacht und das Teetrinken vorüber und Dot auch mit dem Auswaschen der Tassen und Schüsseln längst zustande gekommen war – mit einem Worte, als die Zeit herannahte, wo man bei jenem fernen Räderrollen die Rückkehr des Fuhrmanns erwarten musste, änderte sich ihr Betragen abermals; sie wechselte mehrmals die Farbe und wurde sehr unruhig, aber nicht so, wie gute Frauen es gewöhnlich sind, wenn sie auf ihre Männer warten – o nein, es war eine ganz andere Art von Unruhe!

Jetzt hörte man Räder knarren, Pferdehufe trappeln, einen Hund bellen – kurzum das allmähliche Herannahen aller dieser Töne, bis endlich Boxers Pfote gar noch an der Tür kratzte.

„O Gott, was ist das? Wessen Tritt ist das?" rief Berta zusammenschreckend und sprang vom Stuhle auf.

„Wessen Tritt?" versetzte der Kärrner, der noch unter der Haustür stand, und dessen braunes Gesicht von der scharfen Abendluft jetzt so rot war wie eine Winterbeere; – „je nun, der meine!"

„Aber der andere Tritt?" fragte Berta – „der Tritt des Mannes hinter Euch?"

„Sie lässt sich wahrlich nicht täuschen!" versetzt der

Kärrner lachend; – „kommt nur herein, Sir! Ihr werdet allen willkommen sein, verlasst Euch drauf!"

Er sprach das mit sehr lauter Stimme, und während er noch so sprach, trat der taube alte Herr herein.

„Er ist Euch nicht so fremd, Kaleb, dass Ihr ihn nicht schon einmal gesehen hättet!" sagte der Kärrner; – „wollt Ihr ihm hier ein Obdach gönnen, bis wir gehen?"

„Ei freilich, John," meinte Kaleb, „es ist uns`ne Ehre, dass er nur bei uns vorspricht."

„Er ist der beste Gesellschafter auf Erden, wenn man Geheimnisse zu verhandeln hat," sagte John gutmütig; – „ich hab` ein paar leidlich gute Lungen, aber ich versichere Euch, er stellt sie auf die Probe. Setzt Euch, Sir, Ihr seid hier unter guten Freunden und seid allen hier willkommen."

Als er diese Zuversicherung dem Fremden mit einer Stimme mitgeteilt hatte, die Johns Behauptung von seinen Lungen vollauf zu bestärken schien, setzte er in seinem gewöhnlichen Tone hinzu: „Der gute Mensch verlangt nicht mehr, als einen Stuhl in einer Kaminecke und die Erlaubnis, ganz ruhig dasitzen und sich freundlich umblicken zu dürfen. Er ist leicht zufrieden zu stellen."

Berta hatte lange aufmerksam zugehört; jetzt rief sie Kaleb an ihre Seite heran, wo sie ihm einen Stuhl zurecht rückte, und bat ihn leise, ihr den fremden Ankömmling zu beschreiben. Als er dies getan hatte, und zwar diesmal mit gewissenhafter Treue, rührte sie sich zum ersten Male, seit er eingetreten war, seufzte und schien keinen weitern Anteil an seiner Person an den Tag zu legen.

Der Kärrner war in bester Laune, wie er denn überhaupt stets ein guter Kerl war; heute aber schien er seinem hübschen Weibchen noch holder zu sein als je.

„Sie war heute Nachmittag eine ungeschickte Dot!" sagte er und umschlang sie mit seinen derben Armen, während sie etwas entfernt von den andern beiseite stand; – „und doch bin ich ihr so herzlich gut. Schau einmal dorthin, Dot!" Er deutete auf den alten Mann; sie schaute zu Boden, und ich möchte fast behaupten, sie zitterte in diesem Augenblick. „Er ist, – hahaha! – voll Bewunderung für dich, Dot," sagte der Kärrner; „auf dem ganzen Wege hierher sprach er einzig nur von dir. Je nun, `s ist ein wackerer alter Kerl, und ich bin ihm dafür gut!"

„Ich wollte, er hätte sich einen bessern Gegenstand gewählt, John!" sagte Dot und warf einen unbehaglichen Blick im ganzen Zimmer umher, besonders aber auf Tackleton.

„Einen bessern Gegenstand?" rief der lustige John; – „einen solchen gibt's gar nicht. Komm, Dot! herunter mit dem Oberrock, herunter mit der dicken Halsbinde und den schweren Pulswärmern! Jetzt gilt's ein trauliches halbes Stündchen am Feuer! Ergebenster Diener, Madame. Beliebt Ihnen vielleicht ein Spielchen Cribbage mit mir? Ei das ist schön! Geschwind, Dot, das Brett und die Karten her! Und mir ein Glas Bier, wenn noch eins übrig ist, kleines Weibchen!"

Seine Aufforderung galt der alten Dame, die sie mit huldvoller Bereitwilligkeit annahm, und sie huben sogleich zu spielen an. Anfangs sah sich der Kärrner zuweilen lächelnd um oder rief hie und da Dot herbei, damit sie ihm über seine Schulter in die Karten blicke und ihm bei irgend einem kritischen Stich ihren Rat erteile. Da es aber seine Gegnerin mit den Spielregeln sehr strenge nahm und auch gelegentlich an einer gewissen Vergesslichkeit litt, infolge deren sie ihm mehr Punkte vorstreckte, als sie eigentlich hätte dürfen, musste er so auf seiner Hut sein, dass er weder Augen noch Ohren für etwas anderes hatte. So wurde seine ganze Aufmerksamkeit allmählich von dem Kartenspiel in Anspruch genommen, und er dachte an nichts anderes mehr, bis ihm Tackleton endlich eine Hand auf die Schulter legte, und sich ihm ins Gedächtnis rief.

„Es tut mir leid, dass ich Euch stören muss, John – aber schenkt mir nur auf einen Augenblick Gehör!" sagte Tackleton. „Ich muss eben ausspielen," versetzte der Kärrner; – „ist es eine Sache von Bedeutung?"

„Allerdings," gab der Spielzeughändler zur Antwort; – „kommt nur auf einen Augenblick mit mir, Gevatter!"

Es lag etwas in Tackletons bleichem Gesicht, das den andern plötzlich aufspringen machte und zu der eiligen Frage veranlasste, was es denn eigentlich gäbe?

„Nur stille, John Peerybingle!" sagte Tackleton; – „es tut mir leid für Euch, mein Wort darauf. Ich bin ordentlich darüber erschrocken, allein ich hab's vom Anfang an vermutet." „Was gibt es denn, Sir?" fragte der Kärrner mit ganz verstörter Miene.

„Nur stille, Gevatter! Ich will Euch alles zeigen, wenn Ihr mit mir gehen wollt!"

Der Kärrner begleitete ihn, ohne ein Wort weiter zu sagen. Sie gingen über einen Hof, auf den die Sterne freundlich herabschienen, dann traten sie durch ein kleines Seitentürchen in Tackletons Kontor, von wo sie durch eine Glastür in das Warenlager schauen konnten, das der Nacht wegen bereits verschlossen war. Im Kontor selbst war kein Licht, aber in dem langen, schmalen Laden hingen mehrere Lampen und verbreiteten eine ziemliche Helle bis zum Fenster her.

„Wartet noch einen Augenblick!" sagte Tackleton; – „glaubt Ihr, Ihr könnt es Euch gewinnen, durch das Fenster da zu blicken?"

„Warum denn nicht?" meinte der Kärrner.

„Wartet nur noch einen Augenblick!" wiederholte Tackleton; – „begeht ja keine Gewalttat, es nützt ja doch nichts und ist nur gefährlich für Euch. Ihr seid ein starker Mann und könntet einen Mord begehen, bevor Ihr Euch's nur einfallen lasst!"

Der Kärrner blickte ihm ins Gesicht und bebte einen Schritt zurück, als ob er von einem Streich getroffen wäre. Mit einem einzigen Schritt stand er dann an dem Fensterchen und sah … O welch ein Schatten auf dem Herde! O treues Heimchen! O treuloses Weib!

Er sah sie hier mit dem alten Mann beisammenstehen, aber der war nun nicht mehr alt, sondern stand gerade und kräftig da und trug in der Hand die falsche weiße Perücke, mittelst derer er sich den Weg in das nun öde und unglückliche Haus gebahnt hatte. John sah, wie sie ihm zuhörte, als er den Kopf herabbeugte, um ihr ins Ohr zu flüstern; er sah, wie sie litt, dass er sie um die Hüfte fasste, als sie langsam miteinander die dämmernde Holzgalerie hinabschritten, der Tür zu, durch die sie hereingetreten waren. Alsdann sah er sie stille stehen – sah wie sie sich umwandte – seine eignen Augen mussten in das Gesicht blicken, das er so sehr liebte – er sah, wie sie mit eigenen Händen dem Fremden das lügnerische Haar wieder auf den Kopf drückte und da zu lachte, als verhöhne sie seine eigene Arglosigkeit!

Er ballte zuerst seine kräftige Rechte, als ob er damit einen Löwen niederschmettern wollte. Dann aber öffnete er sie rasch wieder, denn er liebte sie sogar jetzt trotz ihrer

Verfehlung; – als sie aber draußen waren, sank er auf einen Pultsessel nieder und war so schwach wie ein Kind.

Er hatte sich bis ans Kinn zugeknöpft und machte sich mit dem Pferde und den Paketen zu tun, als sie wieder ins Zimmer trat und zur Heimfahrt gerüstet war.

„Nun, lieber John, lass uns aufbrechen! Gute Nacht, Marie! Gute Nacht, Berta!“ rief Dot.

Konnte sie die Freundinnen küssen? Konnte sie beim Abschiede fröhlich und wohlgemut sein? Konnte sie es wagen, ihnen ihr Angesicht zu zeigen ohne zu erröten? Ja, sie konnte es. Tackleton beobachtete sie scharf, und sie tat das alles.

Tilly hätschelte den Kleinen, wiegte ihn in den Armen, ging wohl ein Dutzend Mal vor Tackleton hin und her und wiederholte wie schlaftrunken:

Macht's denn ihr Herzchen nicht beinahe entzweien, da sie sein Frauchen soll werden? Und hat Väterchen sie nicht getäuscht von Kindesbeinen an, um ihr das Herzchen entzweichen zu machen?“

„Komm, Tilly, gib mir den Kleinen!“ rief Dot noch aus dem Wagen; „gute Nacht, Mr. Tackleton! Um Gottes willen, wo ist denn John?“

„Er will neben dem Pferde hergehen“ , sagte Tackleton, der ihr in den Wagen geholfen hatte.

„Ei, ei, lieber John! Du willst heute Nacht gehen?“ rief sie. Die eingehüllte Gestalt ihres Gatten antwortete mit einem heftigen bejahenden Kopfnicken, und das alte Ross brach auf, nachdem auch der zweideutige Fremde und die kleine Kindsmagd ihre Plätze eingenommen hatten. Boxer, der arglose Boxer rannte hin und her und um den Wagen herum und bellte so frohlockend und lustig als je.

Als sich Tackleton in Begleitung Maries und ihrer Mutter ebenfalls auf den Heimweg begeben hatte, setzte sich der arme Kaleb wieder am Fenster neben seine Tochter nieder; er war im tiefsten Herzen betrübt und reumütig und wiederholte sich noch immer, wie er sie so schmerzlich und angstvoll betrachtete: So habe ich sie also von Kindheit auf getäuscht, um ihr endlich das Herz zu brechen!

Die Spielsachen, waren nun längst abgelaufen und zur Ruhe gegangen. Man hätte in dem schwachen Lichte und tiefen Schweigen glauben mögen, die ruhigen, ungelenken Puppen, die wilden Schaukelpferde mit den funkelnden Augen und schnaubenden Nüstern, die gebeugten alten Herrn an ihren Haustüren, die sich auf schwanken Knien zum Schwunge rüsteten, die Nussknacker mit den verzerrten Gesichtern, ja sogar die wilden Tiere, die zwei und zwei wie Schulkinder in ihre Arche marschierten, seien plötzlich erstarrt und versteinert vor Verwunderung, dass unter irgend welchen Umständen Dot falsch sein oder Tackleton wirklich geliebt werden könnte.

DRITTES GEZIRPE

Die Holländer Uhr in der Ecke schlug die zehnte Stunde, als sich der Kärrner ans Feuer seines Herdes niedersetzte. Er war so kummervoll und von wildem Schmerz ergriffen, dass er sogar den Kuckuck zu verscheuchen schien, der seinen melodischen Zehnuhrruf so hastig wie möglich abtat, in seinem maurischen Palast zurücksprang und die kleine Tür hinter sich so jählings zuwarf, als ob er diesen ungewohnten Anblick durchaus nicht zu ertragen vermocht hätte.

Wäre der kleine Heumäher mit der schärfsten Sense ausgerüstet gewesen, und hätte er mit jedem Streich in des Fuhrmanns Herz geschnitten, er hätte es nie so zerreißen und verwunden können, wie es Dot getan hatte.

Sein Herz war so voll von Liebe für sie, von unzähligen Fäden holder Erinnerungen mit dem ihren so zusammengehalten und verknüpft, die sie durch das tägliche Zutagekehren ihrer mancherlei liebvollen Eigenschaften um ihn gesponnen hatte; sie hatte sich so tief und liebvoll in sein Herz eingeschlossen, – in ein Herz, das in seiner Treue so einfach und so ernst, so stark im Guten und so schwach im Unrechte war, – dass es auf den ersten Anlauf weder Leidenschaft noch Rache nähren konnte, sondern nur Raum für das zerbrochene Bild seines Idols hatte.

Allein allmählich, wie der Kärrner brütend so vor seinem jetzt kalten und dunkeln Herde saß, begannen andere wildere Gedanken in ihm aufzusteigen, wie sich ein jäher Wind in der Nacht erhebt. Der Fremde war noch unter seinem beschimpften Dache; drei Schritte konnten ihn an die Tür der Kammer bringen, wo er schlief, ein einziger Streich konnte sie einschlagen. – „Ihr könntet einen Mord begehen, bevor Ihr's Euch verseht!" Konnte das aber ein Mord sein, wenn er dem Schurken Zeit gab, Mann gegen Mann mit ihm zu ringen, da der Frevler doch der Jüngere war?

Es war ein gefährlicher Gedanke, doppelt gefährlich bei seiner finsteren Gemütsstimmung. Es war ein böser Gedanke, der ihn zu einer Rachetat hinreißen wollte, die seine trauliche Behausung in eine jener berüchtigten Höhlen verwandeln würde, an denen der einsame Wanderer nächtlich nur mit ängstlichem Schauder vorübereilen könnte, weil der Furchtsame durch die zerschlagenen Fenster Schatten miteinander ringen zu sehen glaubt, wenn der Mond umwölkt ist und im wilden Sturmwetter laute Stimmen zu rufen scheinen.

Ja, er war der Jüngere! – Ja, ja, er war ein Liebhaber, der das Herz gewonnen hatte, das John nie zu rühren vermochte. Irgend ein Liebhaber aus früheren Tagen, an den sie gedacht und von dem sie geträumt, nach dem sie sich vielleicht fort und fort gesehnt hatte, während er sie so glücklich an seiner Seite wähnte. O, es lag ein namenloser Schmerz in diesem Gedanken! Sie war mit dem Kleinen, den sie zu Bette gebracht hatte, im obern Stock gewesen. Wie er so brütend und gedankenvoll am Herde saß, kam sie ganz in seine Nähe, ohne dass er es merkte – vor lauter Schmerz hatte er für alles weitere um ihn her Auge und Sinn verloren – und rückte ihren kleinen Stuhl hart vor seine Füße. Er bemerkte es erst, als er ihre Hand in der seinigen fühlte und sie zu sich auf und in sein Gesicht blicken sah. Aber nicht mit Verwunderung blickte sie ihn an, sondern mit einem scharfen, ängstlichen, forschenden Auge. Zuerst war ihr Blick unruhig und ernst, dann verwandelte sich ihre Miene in ein wildes, schmerzliches Lächeln der Verachtung, als ob sie seine Gedanken erriet, und endlich barg sie das Gesicht in die Hände und ließ den Kopf mit den aufgelösten Haaren sinken. Wenn ihm in diesem Augenblicke auch übermächtige Gewalt gegeben gewesen wäre, so hatte er doch noch zuviel von der göttlichen Tugend der Barmherzigkeit in seinem Busen, als dass er auch nur einen Gedanken von Zorn in diesem Augenblick auf sie geworfen hätte. Es war ihm aber unmöglich, sie hier auf dem kleinen Stuhle sitzen zu sehen, wo er sie so oft in ihrer heitern Unschuld mit allem Stolze seiner Liebe beobachtet hatte: und als sie endlich aufstand und ihn verließ, und im Weggehen bitterlich weinte, da gereichte es ihm eher zum Troste, den Raum neben ihm leer zu sehen, als ihre sonst so holde Gegenwart zu genießen. Dies war an und für sich der bitterste Schmerz, der ihn betroffen hatte, denn er zeigte ihm, wie allein und verlassen er nun sei und wie das größte Band seines Lebens einen plötzlichen, unheilbaren Riss bekommen hatte.

Je mehr er dies fühlte und je schneller er zur Erkenntnis kam, dass er sie weit eher auf frühem Totenbette samt dem Kinde an ihrer Brust vor sich liegen gesehen haben würde, desto höher stieg sein bitterer Groll gegen seinen Feind. Er sah sich in der Tat jetzt nach einer Waffe um.

Dort hing eine Flinte an der Wand, die er herabnahm und mit der er ein paar Schritte auf die Tür des Zimmers zuging, worin der treulose Gast schlief. Er wusste, dass die Flinte geladen war. Er hegte sogar eine dämmernde Ahnung, es wäre Recht geübt, wenn er diesen Menschen wie ein wildes Tier niederschösse, und dieser Gedanke wuchs in seinem Geiste so heran, dass er zu einem riesigen Dämon wurde, der sich seiner vollkommen bemächtigte, alle milderen Gedanken austrieb und ihn unumschränkt beherrschte.

Dieser Ausdruck ist eigentlich falsch, denn seine milderen Gedanken wurden nicht ausgetrieben, sondern vielmehr nur künstlich und arglistig umgewandelt; sie verkehrten sich in Stacheln, die ihn vorwärtstrieben; sie verkehrten ihm Wasser in Blut, Liebe in Hass, Sanftmut in blinde Wut. Ihr Bild, wenn auch kummervoll, gedemütigt und gewissermaßen entweiht, kam doch nie aus seiner Seele, sondern flehte ihn mit unwiderstehlicher Macht um Liebe und Erbarmen an. Wie er aber hier stand, drängte es ihn zu jener Tür, zog die Waffe zu seiner Schulter hinauf, zuckte krampfhaft seine Finger nach dem Drücker hin und rief ihm zu: Töte ihn in seinem Bett!

Er dreht die Flinte um, dass er die Tür mit dem Kolben einschlage, und er hatte sie schon in die Luft erhoben, um zuzuschlagen, – irgend eine unklare Gewalt drängte ihn jetzt, dem Fremden zuzurufen, er solle um Gottes willen durchs Fenster entfliehen … .

Da ward auf einmal das verklimmende Feuer wie von überirdischer Gewalt angefacht, der ganze Kamin war von hellem Lichtschein erfüllt und das Heimchen auf dem Herde begann auf einmal zu zirpen!

Kein Ton, den er hätte hören können, keine menschliche Stimme, selbst die ihrige nicht, hätte ihn so zu rühren vermocht. Die kunstlosen Worte, in denen sie ihm ihre Liebe zu eben diesem Heimchen gestanden hatte, klangen auf einmal wieder von neuem in seine Ohren: er sah gleichsam von neuem, wie ernst, gerührt und ergriffen sie damals gewesen war, ihre holde Stimme durchtönte sein besseres Wesen und rief es von neuem zu Leben und Tatkraft auf.

Er stürzte von der Türe zurück, wie ein Schlafwandler, der aus einem fürchterlichen Traum erweckt wird, und stellte die Flinte beiseite. Das Gesicht in seine Hände verbergend, setzte er sich alsdann wieder zum Feuer und fand in Tränen Erleichterung für sein schmerzbewegtes Herz.

Das Heimchen auf dem Herde trat ins Zimmer heraus und stand in Elfengestalt vor ihm.

„Ich liebe es," sagte die Elfenstimme, ihm wohlbekannte Worte wiederholend, – „weil ich es schon manch liebes Mal gehört, und weil mir seine harmlose Melodie schon so manchen holden Gedanken gegeben hat!"

„Es ist wahr," sagte der Kärrner, – „so sprach sie einst!" „Dies Haus war mir eine glückliche Stätte, John, und ich liebe das Heimchen um ihretwillen!"

„Gott weiß es, dass es eine glückliche Stätte war!" versetzte der Kärrner. – „Sie hat es glücklich gemacht, allezeit, bis auf den heutigen Tag!"

„Sie ist so anmutig, so gutmütig, so häuslich, geschäftig und muntern Sinnes!" sagte die Elfenstimme.

„Ja, das ist sie," gab der Kärrner zur Antwort, „sonst würde ich sie auch nicht so geliebt haben!"

„Lieben!" verbesserte ihm das Elfenheimchen.

Der Fuhrmann wiederholte: „Geliebt haben" , – allein es war ihm nicht recht ernst; seine Stimme war nicht fest, seine stammelnde Zunge widerstand seinem Willen und wollte sich, um seinet- wie um ihretwillen, auf ihre eigne Weise aussprechen. Die Elfengestalt erhob ihre Hand wie beschwörend und sagte: „Auf deinem eignen Herde … ."

„Auf dem Herde, den sie so oft glücklich gemacht und

gesegnet hat," sagte das Heimchen; – „auf dem Herde, der ohne sie nur ein Haufen von Kalk, Backsteinen und rostigen Eisenstangen wäre, den sie aber durch ihren eigenen Zauber zu einem Altar deines Hauses gemacht hat, worauf du allnächtlich irgend eine kindische Leidenschaft, Selbstsucht oder Sorge geopfert und ihr ein friedliches Gemüt, ein vertrauendes Wesen und ein überströmendes Herz gewidmet hattest, so dass der Rauch aus diesem armseligen Kamin mit köstlicherem Dufte zum Himmel emporstieg als der beste Weihrauch, der je vor den reichsten Götzenbildern in alten prächtigen Tempeln dieser Welt verbrannt worden ist, – auf deinem eigenen Herde, in seinem stillen Heiligtume, umgeben von all seinem holden Einflusse und den Gedanken, die er hervorruft, höre sie! höre mich! höre auf alles, was die Sprache deines Herdes und deiner Heimat redet." „Spricht das alles aber auch für sie?" fragte der Kärrner. „Alles, was die Sprache deines Herdes und deiner traulichen Häuslichkeit redet, muss für sie sprechen!" versetze das Heimchen, – „denn alle diese Dinge reden die Wahrheit."

Während der Kärrner, den Kopf in die Hände gestützt, noch immer nachdenklich auf seinem Stuhle saß, trat die Gegenwart zu ihm, erhaschte seine Gedanken durch ihre Macht und stellte sie ihm wieder vor, wie in einem Spiegel oder Gemälde. Es war kein einsames Bildnis, denn vom Herdsteine, vom Kamine, aus der Uhr, aus der Pfeife, dem Kessel und der Wiege, aus dem Boden, den Wänden, der Decke und der Treppe, aus dem Karren draußen, und dem Schranke in der Stube, aus allen Hausgeräten und aus jedem Ding und jedem Orte, womit sie je in Berührung gekommen war, oder womit sich eine Erinnerung an sie im Geiste ihres unglücklichen Gatten verband – kamen die

Elfen jetzt haufenweise hervor. Sie blieben aber nicht neben ihm stehen wie das Heimchen, sondern wimmelten geschäftig durcheinander, um ihrem Bilde alle mögliche Ehre anzutun, um ihn am Rocke zu zupfen und darauf hinzudeuten, sooft er erschien, um das Bild zu umarmen, sich ihm anzuschmiegen und Blumen vor ihm herzustreuen. Sie versuchten es, das hübsche Köpfchen des Bildes mit ihren feinen Händchen zu krönen, sie wollten zeigen, dass sie es liebten und verehrten, und dass kein einziges hässliches, tückisches oder verdächtigendes Wesen dawider aufstehe, ein Zeugnis davon abzulegen – sondern dass es nur die munteren, freundlichen kleinen Elfengestalten umspielen dürften.

Seine Gedanken hielten getreulich bei ihrem Bilde aus, denn es stand immer vor ihm. Da saß sie mit ihrer Nadelarbeit vor dem Feuer und sang sich ein Liedchen. Ein allerliebstes, geschäftiges, emsiges, kleines Weibchen! Die Feengestalten wandten, als hätten sie es untereinander abgemacht, alle zu gleicher Zeit einen stieren, wunderbaren Blick auf ihn und schienen ihn zu fragen: Ist dies das leichtsinnige Weib, das du betrauerst?

Heitere Töne drangen von draußen herein: Musik und Gelächter und fröhliches unbefangenes Geplauder. Eine ganze Menge fröhlicher junger Paare strömt herein, darunter auch Marie Fielding und ein Dutzend hübscher Mädchen.

Dot war die hübscheste von allen und ebenso auch die jüngste der ganzen Schar. Sie waren gekommen, um Dot einzuladen, dass sie an ihrem Vergnügen Teil nähme; – sie wollten sie zum Tanze führen. Wenn je ein kleiner Fuß zum Tanzen geschaffen war, so war es sicher der ihrige. Aber sie lachte und schüttelte den Kopf und deutete auf das Küchengeschirr am Feuer und auf den gedeckten Tisch mit einem so fröhlichen Triumphe, dass sie dadurch nur noch hübscher schien als zuvor. Und so entließ sie alle lustig und verabschiedete ihre vermeintlichen Tänzer einen um den andern mit einer komischen Gleichgültigkeit, die hinreichend war, sie sogleich ins Wasser zu treiben, wenn sie ihre Anbeter waren – und das müssen sie mehr oder weniger alle unwillkürlich gewesen sein. Und doch lag Gleichgültigkeit gar nicht in ihrem Charakter – gewiss nicht: denn gleich darauf trat ein gewisser Kärrner unter die Tür, und da hättet ihr euch nicht wenig gewundert über die Herzlichkeit, womit sie ihn empfing!

Und abermals wandten die Gestalten alle auf einmal ihre Blicke auf ihn und schienen ihn zu fragen: Ist dies das Weib, das dir untreu geworden ist?

Ein Schatten fiel auf den Spiegel oder das Bild – wie ihr es eben nennen wollt. Ein großer Schatten von dem Fremdlinge, wie er damals zuerst unter ihrem Dache stand. Er bedeckte die ganze Oberfläche und verlöschte alle andern Gegenstände. Aber die rüstigen Elfen arbeiteten wie die Bienen, um ihn wieder fortzuschaffen, und Dot war abermals hier, noch immer schön und unbefleckt.

Sie schaukelte den Kleinen in seiner Wiege, sang ihn leise in den Schlaf und lehnte ihr Haupt an eine Schulter, die ihr Ebenbild an der nachdenklichen Gestalt fand, neben der das elfenhafte Heimchen stand.

Die Nacht – ich meine die wirkliche Nacht, nicht die nach der Elfen Zeitrechnung – verstrich jetzt allmählich, und gerade bei diesem Stadium in den Gedanken des Kärrners brach der Mond hervor und schien hell am Himmel.

Vielleicht war auch in seinem Gemüte jetzt ein ruhiges, stetes Licht aufgegangen und er konnte gemächlicher über das nachdenken, was ihm begegnet war.

Obwohl der Schatten des Fremden noch immer in Zwischenräumen auf den Spiegel fiel und zwar bestimmt, deutlich, groß und genau zu unterscheiden – so fiel er doch nicht mehr so dunkel darauf wie zuvor. So oft er erschien, stießen die Elfen einen allgemeinen Schrei der Bestürzung aus und regten mit unbeschreiblicher Geschwindigkeit die kleinen Ärmchen und Beinchen, um das Bild soviel wie möglich auszuwischen, und sooft wieder zum Vorschein kam und die Elfen sie ihm abermals zeigen konnten im Glanze ihrer unbefleckten Schönheit, brachen sie in das begeistertste Freudengeschrei aus.

Sie zeigten ihm ihr Bild niemals anders als in der reinsten Schönheit, denn sie waren Schutzgeister seines Hauses, die die Lüge hassten; und da sie dies waren, konnte Dot für sie auch nichts anderes sein, als das geschäftige, heitere, frohe, liebe Weibchen, das Licht und Sonne am Herde des Kärrners gewesen war. Besonders lustig und aufgeregt waren die Feen, als sie ihm ihr Bild mit dem Kinde zeigten, wie sie mitten unter einem Haufen würdiger alter Matronen plauderte und sich selber so zum Verwundern großmütterlich und altklug gebärdete, und sich auf eine so gesetzte, wohlbedächtige Weise auf den Arm ihres Gatten lehnte, als gäbe sie sich – dieser Schelm von einem hübschen freundlichen Weibchen! – das Ansehen, als habe sie allen Eitelkeiten der Welt abgeschworen und sei schon eine so gereifte Person, dass es ihr gar nichts neues mehr sei, Mutter zu heißen. Im andern Augenblick aber zeigten sie ihm wieder Dot, wie sie über des Kärrners ungeschlachtes Wesen lachte und seinen Hemdkragen heraufschlug, um ihn recht elegant zu machen, und wie lustig sie in dem selben Stübchen auf und ab hüpfte, um ihm die Anfangsgründe des Tanzes zu zeigen. Nun wandte sie sich wieder um und blickte ihn aufmerksam an, als sie ihm Dot bei dem blinden Mädchen zeigten: denn wiewohl sie Heiterkeit und Leben überall verbreitete, wo sie ging und stand, so machte sie doch diese Eigenschaften in Kaleb Plummers Hause vorzugsweise und im reichsten Maße geltend. Des blinden Mädchens Liebe zu ihr, sein Vertrauen in sie und seine Dankbarkeit gegen sie, ihre eigene gutmütige, geschäftige Weise, sich dem Danke Bertas zu entziehen, ihre gefälligen und geschickten kleinen Ränke, um jeden Augenblick ihres Besuches bei Berta mit irgend einem nützlichen Geschäfte auszufüllen und in der Tat hart zu arbeiten, während sie sich einen Feiertag zu machen schien, ihre Fürsorgliche Freigebigkeit in jenen altgewohnten Leckerbissen, der Kalbfleisch- und Schinkenpastete und dem Flaschenbier, die strahlende Freude ihres Gesichtchens, wenn sie in jenem Hause ankam oder sich dort verabschiedete, der wunderbare Ausdruck in ihrem ganzen Wesen von ihrem hübschen Füßchen an bis zum runden Scheitel herauf, der gleichsam zu sagen schien, sie sei ein Teil jenes Hauswesens, ein ganz unentbehrliches Zubehör darin – das alles zeigten ihm die Elfen unter lautem Frohlocken und schienen sie eben darum zu lieben. Und abermals blickten sie ihm dann alle zugleich bittend ins Gesicht und während einige von ihnen Dot liebkosten und ihre Kleidung in Ordnung brachten, schienen sie ihn zu fragen: Ist dies das Weib, das dein Vertrauen getäuscht hat?

Noch mehr als einmal oder zweimal oder dreimal in der langen gedankenvollen Nacht zeigten sie ihm Dot auf ihrem Lieblingsstühlchen mit gesenktem Kopf und verwirrtem Haar, das Gesicht mit den Händen verhüllend, – ganz so, wie er sie zuletzt gesehen hatte, und als er sie so sah, drehte sie sich nach ihm um und blickte nicht auf ihn, sondern scharten sich um sie, schmiegten sich an ihren Busen, trösteten und küssten sie , – ja sie ermunterten sich gleichsam gegenseitig, ihr mit Teilnahme und Wohlwollen zu begegnen, und vergaßen dagegen den armen Kärrner samt und sonders.

So verging die Nacht. Der Mond ging unter, die Sterne erbleichten, der kalte Tag brach an, die Sonne ging auf. Noch immer saß der Kärrner gedankenvoll in der Ecke am Kamin. Den Kopf in die Hände gestützt, saß er da; die ganz Nacht hindurch hatte das treue Heimchen so Gezirpe und Gesang vom Herde her erschallen lassen; die ganze Nacht hatte er seiner Stimme gelauscht, die ganz Nacht hatten sich die holden Elfen, die wohlwollenden Schutzgeister seines Herdes, mit ihm beschäftigt: – die ganze Nacht hindurch war Dot ihm tadellos, liebenswürdig und schöner als je im Spiegel erschienen, außer wenn jener einzige Schatten auf sie fiel.

Als es heller war, stand er auf, wusch sich und kleidete sich an. Seine gewohnten, heiteren und liebgewonnenen Berufsgeschäften konnte er heute nicht nachgehen, denn es fehlte ihm an Mut dazu; doch hatte dies heute nichts zu bedeuten, weil es ja Tackletons Hochzeit war, und er sich schon im voraus einen Stellvertreter für sein Tagewerk bestellt hatte. Er hatte sich vorgenommen, an Dots Seite vergnügt zur Kirche zu gehen: allein mit diesem Planen war es jetzt vorbei. Heute war ja ohne dies ihr eigener Hochzeitstag: aber ach, wie wenig hatte er gerade heute vor einem Jahre einen solchen Jahresschluss erwartet!

Der Kärrner vermutete, Tackleton werde ihm schon am frühen Morgen einen Besuch abstatten, und er irrte sich nicht. Er war noch nicht lange vor seiner eigenen Tür auf und ab gegangen, so sah er den Spielzeughändler in seiner

Kutsche die Straße herunterfahren. als der Wagen näher kam, sah er, dass Tackleton sich zu seiner Hochzeit bereits ganz kostbar herausgeputzt und den kopf seines Pferdes mit Blumen und Bandschleifen geschmückt hatte.

Das Pferd sah weit eher wie ein Bräutigam aus als Tackleton, dessen halbgeschlossenes Auge heute einen widerwärtigeren Ausdruck hatte als je. Der Kärrner aber gab wenig acht darauf, denn seine Gedanken hatten eine ganz andere Richtung genommen.

„John Peerybingle!" sagte Tackleton mit der Trauermiene eines Leichenbestatters; – „guter Gevatter, wie steht es mit Euch heute früh?"

„Ich habe eine sehr schlechte Nacht gehabt , Meister Tackleton" , versetzte der Kärrner kopfschüttelnd; – „denn ich bin ganz aus meiner gewöhnlichen Stimmung aufgestört und an mir selber irre geworden. Nun ist's aber vorüber! Könnt Ihr mir etwa ein halbes Stündchen zu einer Unterredung unter vier Augen vergönnen?"

„Ich kam eben in dieser Absicht hierher," erwiderte Tackleton, aus dem Wagen steigend; – „kümmert Euch nicht um das Pferd! Es wird ruhig stehen bleiben, wenn Ihr die Zügel über diesen Pfosten hängt und ihm eine Hand voll Heu gebt!"

Als ihm der Kärrner dies aus dem Stalle gebracht und vorgeworfen hatte, begaben sie sich beide ins Haus.

„Ihr werdet wohl vor Mittag noch nicht getraut, denk ich?" fragte John.

„Nein!" gab Tackleton zur Antwort; – „ich habe Zeit genug übrig – Zeit im Überfluss!"

Als sie in die Küche traten, polterte Tilly Döskopp eben an der Tür des Zimmers, das der Fremde bewohnte, und das nur ein paar Schritte von dort entfernt war. Eins ihrer stark geröteten Augen (denn Tilly hatte die ganze Nacht hindurch geweint, weil sie ihre Herrin weinen hörte) war am Schlüsselloche und sie pochte sehr laut und schien höchst bestürzt.

„Ich kann mich niemand nicht verständlich machen, wenn Sie's erlauben; niemand will mich nicht hören!" sagte Tilly und blickte sich rundum; – „hoffentlich wird doch niemand nicht gegangen und gestorben und verdorben sein, wenn Sie's erlauben!" Diesem menschenfreundlichen Wunsche gab Miss Döskopp durch verschiedene neue Schläge und Wirbel an die Türe Nachdruck, allein sie führten zu keinem weitern Resultate.

„Soll ich nachsehen?" fragte Tackleton; – „es kommt mir doch etwas seltsam und ungeheuerlich vor!"

Der Kärrner, der die Augen absichtlich von der Türe abgewandt hatte, gab ihm durch Zeichen zu verstehen, er könne hineingehen, wenn es ihm etwa Vergnügen mache.

Nun kam Tackleton der unbeholfenen Tilly zu Hilfe, pochte und polterte aus Leibeskräften, erhielt aber ebenso wenig auch nur die geringste Antwort. Endlich kam er auf den Gedanken, den Drücker der Tür zu probieren und da sie sich leicht öffnen ließ, schielte er zuerst hinein, schaute hinein, trat in die Stube und kam dann wieder alsbald hastig herausgelaufen.

„John Peerybingle" , flüsterte ihmTackleton ins Ohr. – „hoffentlich ist doch heute nacht nichts … . nichts Voreiliges vorgefallen? – „

Der Kärrner drehte sich in aller Ruhe nach ihm um. „Weil der Vogel ausgeflogen und das Fenster offen ist!" fuhr Tackleton fort; – „ich sehe freilich keine Spuren – es ist zwar allerdings beinahe auf gleichem Niveau mit dem Garten – aber ich fürchtete schon, es habe irgend ein … .

irgend ein Streit stattgefunden – heda, was sagt Ihr dazu?"

Dabei drückte er das ausdrucksvolle Auge fast ganz zu, fasste den Kärrner scharf ins Gesicht und gab seinem Auge, seinem Antlitz und seinem ganzen Wesen etwas so Durchbohrendes, als ob er gewissermaßen die Wahrheit aus ihm hätte herausschrauben wollen.

„Beruhigt Euch nur," sagte der Kärrner, – „er betrat gestern Abend jenes Stübchen, ohne das ich ihn mit Wort und Tat gekränkt hätte, und seither ist niemand dort hineingekommen. Er ist aus eigenem freien Willen auf und davon gegangen. Ich würde mit Freuden aus diesem Hause treten und mein Leben lang mein Brot vor den Haustüren erbetteln, wenn ich an der Vergangenheit das ändern könnte, dass er je in mein Haus gekommen wäre. Allein er ist gekommen und gegangen, und ich habe ihm vergeben!"

„Oho" , sagte Tackleton, und nahm sich einen Stuhl, – „je nun, ich denke, da ist er ziemlich gut weggekommen!"

Das höhnische Lächeln, womit er diese Worte begleitete, ging für den Kärrner verloren, der sich nun ebenfalls setzte, den Kopf in die Hand stützte, die andere Hand über die Augen legte und eine Zeitlang stille brütend dasaß, bevor er wieder fortfuhr.

„Ihr zeigtet mit gestern Abend meine Frau," sagte er endlich, – „meine Frau, die ich so liebe, wie sie heimlich … . „Und zärtlich!" schob Tackleton ein.

„An der Verkleidung jenes Mannes mitwirkte und ihm Gelegenheit gab, allein mit ihr zu verkehren. Ich versichere Euch, es gibt kein Anblick in der Welt, den ich Euch weniger gegönnt hätte als diesen, ich weiß nicht, was ich nicht lieber gesehen hätte, aber ich gestehe Euch, auch von keinem Manne in der Welt hätte ich mir's weniger gern zeigen lassen als von Euch!" „Ich gesteh," sagte Tackleton, „dass ich von jeher einen gewissen Argwohn gehegt habe; und ich weiß, dass dies auch die Schuld war, warum ich hier nicht sonderlich gern gesehen werde." „Aber als Ihr sie mir zeigtet," fuhr der Kärrner fort, ohne auf ihn zu hören, „als Ihr sie saht, mein Weib – das Weib das ich liebe" – seine Stimme und Auge und Hand wurden ruhiger und fester, als er diese Worte wiederholte, offenbar um einen festen Vorsatz auszuführen, über den er bereits mit sich einig war; – „Da Ihr sie so unter diesen ungünstigen Umständen sahet, ist es nicht mehr als billig, als dass Ihr sie jetzt auch mit meinen Augen sehen und in meinen Busen blicken und wissen sollet, was meine Ansicht über diese Sache ist. Denn ich bin jetzt mit mir einig, was ich tun soll," sagte der Kärrner, und fasste Tackleton fest ins Auge; – „und nichts kann mich von diesem Vorsatze abbringen!"

Tackleton stammelte ein paar nichtssagende Redensarten, die seine Beistimmung und seine Ansicht von der Notwendigkeit, dies und jenes noch genauer zu erwägen, ausdrücken sollten, allein das Betragen des Kärrners flößte ihm soviel Ehrfurcht ein, dass er nichts weiteres zu äußern wagte.

So schlicht und ungehobelt dieser Mann auch war, so lag doch in seinem ganze Wesen etwas Würdiges und Edles, das nur einer edelmütigen, ehrenhaften Seele entspringen konnte, die in dieser schlichten Hülle wohnte.

„Ich bin ein simpler, ungeschlachter Mann," fuhr der Kärrner fort, – „und habe nur wenig Eigenschaften an mir, die mich empfehlen könnten. Ich bin kein gewandter Mann, wie Ihr wohl wisst. Ich bin auch kein junger Mann mehr. Ich liebte meine kleine Dot, weil ich sie von Kindesbeinen an in ihres Vaters Hause habe aufwachsen sehen;

weil sie lange Jahre hindurch mein Augapfel und mein Lebenslicht gewesen war. Es gibt manche Männer, mit denen ich mich nicht vergleichen kann, die aber meine kleine Dot schwerlich so geliebt hätten, wie ich sie liebe." Er hielt inne und trat ein paar Mal mit dem Fuß auf den Boden, ehe er fortfuhr:

„Ich habe mich oft mit dem Gedanken getröstet, ich könne, wenn ich nicht gerade gut für sie war, doch einen wohlwollenden Ehemann für sie abgeben; und niemand kannte vielleicht ihren Wert besser als ich. Auf diese Weise machte ich mich mit jenem Gedanken vertraut, und machte mich gar glauben, es sei möglich, dass wir uns gar noch heirateten. Und am Ende kam es doch noch dazu, und wir wurden getraut."

„Aha!" sagte Tackleton und schüttelte auf sehr bedeutsame Weise den Kopf.

„Ich hatte mich selber studiert; ich hatte Erinnerungen über mich gemacht; ich wusste wie sehr ich sie liebte und wie glücklich ich sein würde!" fuhr der Kärrner fort; – „Allein ich fühle es jetzt selbst, ich hatte sie noch nicht gehörig kennen gelernt und nicht alles gehörig in Betracht gezogen!"

„Natürlich!" sagte Tackleton; – „Leichtsinn, Kokketterie, Flatterhaftigkeit, Eitelkeit, Sucht nach Bewunderung! Das alles habt Ihr nicht gehörig in Betracht gezogen! Aha, das habt Ihr alles außer Augen gelassen!"

„Ihr würdet besser tun, mich nicht immer zu unterbrechen, bis Ihr mich versteht," sagte der Kärrner mit besonders ernstem Nachdrucke, „und Ihr seid noch sehr weit davon entfernt. Wenn ich gestern den Mann mit einem einzigen Streiche niedergestreckt haben würde, der es gewagt hätte, auch nur ein Wort der Anklage gegen sie zu äußern, so würde ich ihm heute den Fuß auf den Kopf setzten, und wenn es mein Bruder wäre!“

Der Spielzeughändler stierte ihn betroffen an, der Kärrner blieb noch immer ruhig.

„Habe ich bedacht, als ich sie nahm,“ fuhr der Kärrner in sanfterem Tone fort, – „dass ich sie in ihrem Alter und mit ihrer Schönheit von ihren jungen Gespielinnen und aus den Kreisen hinwegnahm, deren Zierde sie war? dass ich sie einem Kreise entfremdete, worin sie der allerhellste Stern war, um sie Tag und Nacht in mein stilles langweiliges Haus einzusperren und ihr meinen langweiligen Umgang aufzudrängen? Habe ich in Erwägung gezogen, wie wenig ich zu ihrer heiteren frohen Laune passte, und wie unerträglich so ein unbehilflicher Mann wie ich, für ein Wesen von ihrer raschen Fassungskraft sein musste? Zog ich in Betracht, dass meine Liebe zu ihr kein Verdienst oder kein Anspruch auf Verdienst war, da sie jedermann, der sie kannte, auch lieben musste? Nein, niemals habe ich das getan. Ich machte mir ihr zutrauliches Wesen und ihr heiteres Gemüt zunutze und heiratete sie. Allein ich wünschte, ich hätte es nie getan – nicht um ihretwillen, sondern um meinetwillen!“

Der Spielwarenhändler stierte ihn unverwandt und ohne einen Muskel zu verziehen ins Gesicht, und selbst sein halbgeschlossenes Auge stand jetzt offen.

„Der Himmel segne sie,“ fuhr der Kärrner fort, – „für die unverdrossene Beständigkeit, womit sie sich bemüht hat, mir diese Erkenntnis vorzuenthalten! Und der Himmel verzeihe es mir, dass ich dies mit meinem schwerfälligen Verstande nicht schon früher eingesehen habe! – Armes Kind! Arme Dot! Dass ich es nicht einsah, da ich sie doch weinen sah, als auf eine Heirat wie die unsrige die Rede kam! Ich, der ich doch hundertmal das Geheimnis auf ihren Lippen sah und es niemals ahnte, als bis zum gestrigen Abende! – Wie konnte ich so hoffen, sie werde mich lieben! Wie konnte ich gar glauben, sie liebe mich!“ „

Sie gab sich wenigstens das Ansehen,“ sagte Tackleton; – „sie gab sich so sehr das Ansehen, dass es – um Euch die Wahrheit zu sagen – mir gerade den ersten Grund zum Argwohn gab!“

Und hierbei unterließ er nicht, Maria Fieldings Vorzüge herauszustreichen, die sich gewiss nicht Mühe gebe, ihm gegenüber Liebe zu heucheln.

„Sie hat sich Mühe gegeben, mir ihre wahre Neigung zu verbergen,“ sagte der arme Kärrner mit größerer Aufregung, als er bisher an den Tag gelegt hatte; – „ich lerne nun erst einsehen, wie sehr sie sich Mühe gegeben hat, mir ein pflichtgetreues braves Weib zu sein. Ach, wie gut war sie von jeher, wie viel hat sie für mich getan, was für ein gutes starkes Gemüt hat sie! Von alledem kann das Glück Zeugnis geben, das ich unter diesem Dache genossen habe. Die Erinnerung daran wird mir zu einigem Troste und Erleichterung gereichen, wenn ich später allein hier verweile.“

„Allein hier!“ sagte Tackleton. – „Aha, Ihr seid also gesonnen, den Zwischenfall nicht so gutmütig hinzunehmen?“ „Ich bin gesonnen,“ versetzte der Kärrner, – „ihr den größten Gefallen zu tun, der in meiner Macht steht, und ihr jede mögliche Sühne zu bieten. Ich kann sie von der täglichen Pein einer unglücklichen Ehe befreien und sie des Zwanges entheben, womit sie mir diese zu verbergen sucht. Sie soll so frei sein, als ich sie nur machen kann.“

„Ihr wollt ihr eine Sühne bieten?“ rief Tackleton höhnisch, und griff mit der Hand an seien großen Ohren; – „dann muss ich Euch falsch verstanden haben. Das konnte doch unmöglich Euer Ernst sein?“

Der Kärrner griff mit seiner starken Hand nach Tackletons Rockkragen und schüttelte ihn wie eine Gerte. „Hört mich an," sagte er, „und gebt Eure Mühe, dass Ihr mich recht versteht! Hört mich an; – spreche ich Euch deutlich genug?"

„O gewiss, sehr deutlich" , gab Tackleton zur Antwort.

„Glaubt Ihr, dass ich im Ernste rede?" fragte John.

„Ich glaube, dass es Euch sehr ernst ist!" rief der Spielwarenhändler ängstlich.

„Ich saß gestern Abend und die ganze lange Nacht auf diesem Herde," fuhr der Kärrner fort; – „auf demselben Flecke, wo sie so oft neben mir mit ihrem lieben Antlitz in die Augen geschaut hat. Ich rief mir ihr ganzes Leben Tag um Tag ins Gedächtnis zurück, ihr eigenes liebes Ich zog in jeder Handlung, in jedem einzelnen Zuge an mir vorüber, und bei meiner Seele! sie ist unschuldig, so wahr es einen Richter über uns gibt, der Unschuld und Schuld zu unterscheiden weiß!" Wackeres Heimchen auf dem Herde! Treue Elfen, Schutzgeister des Hauses!

„Leidenschaft und Misstrauen sind von mir gewichen," fuhr der Kärrner fort, „und nur mein Schmerz ist noch bei mir geblieben. In einem unglücklichen Augenblicke kehrte ein ehemaliger Geliebter von ihr zurück, der für ihren Geschmack und ihre Jahre besser passte als ich; sie hat ihn meinetwegen vielleicht gegen ihren Willen verlassen müssen. In einem unglücklichen Augenblicke der Überraschung, wo sie nicht Zeit hatte darüber nachzudenken was sie tat, machte sie sich zur Mitschuldigen seines Verrats, indem sie ihn verhehlte. Gestern Nacht sah sie ihn unter vier Augen, wobei wir sie beobachteten. Das war unrecht von ihr, aber auch ihr einziger Fehler, denn sonst ist sie unschuldig, wenn sonst noch Wahrheit auf Erden ist!"

„Je nun“ , sagte Tackleton, „wenn das Eure Ansicht ist …“„Deshalb lasse ich sie gehen!“ fuhr der Kärrner fort; – „sie mag gehen mit meinem Segen und meinem Dank für die vielen glücklichen Stunden, die sie mir bereitet hat, und mit meiner Vergebung für jeden Schmerz, den sie mir verursachte. Sie mag gehen und all den Seelenfrieden genießen, den ich ihr wünsche! Sie soll mich nicht hassen, sie soll mich besser kennen lernen, sobald ich keine schwere Bürde mehr für sie bin und sie die Fessel nicht mehr trägt, die ich ihr schmiedete. Heute ist der Tag, an dem ich sie mit so wenig Bedachtnahme auf ihr Glück von ihrem heimatlichen Herde hinwegnahm. Heute mag sie wieder dorthin zurückkehren, und ich will ihr keinen Kummer mehr bereiten. Ihr Vater und Mutter werden heute hier herkommen – wir hatten uns vorgenommen, diesen Tag im Familienkreise zu feiern – und sie sollen sie wieder mit sich nach Hause nehmen. Ich darf ihr dort und überall vertrauen. Sie verlässt mich ohne Fehl, und ich bin überzeugt, sie wird ihr ganzes Leben lang fleckenlos bleiben. Wenn ich sterben sollte – vielleicht scheide ich, solange sie noch jung ist, denn ich habe in wenigen Stunden meinen ganzen Lebensmut verloren – so soll sie inne werden, dass ich ihr noch freundlich gedachte und sie bis zum letzten Atemzuge liebte! Dies ist die Folge von dem, was Ihr mir gezeigt habt! Und damit ist alles für mich vorbei!“

„O nein, John, es ist noch nicht vorbei!“ rief Dot; – „sage ja nicht, es sei schon vorbei! Nur jetzt noch nicht! Ich habe deine edlen Worte angehört; ich konnte mich nicht davonschleichen und mir den Anschein geben, als wüsste ich nicht, was mich so tief gerührt und zu so innigem Danke bewogen hat! Sage ja nicht, es sei vorbei, als bis die Glocke wieder geschlagen hat!“ Sie war kurz nach Tackleton ins

Zimmer getreten und dageblieben; sie sah sich nicht nach Tackleton um, sondern hielt ihre Augen fest auf ihren Gatten gerichtet, aber sie blieb in einiger Entfernung von ihm stehen und legte einen möglichst weiten Zwischenraum zwischen sich und ihn, und obwohl sie mit dem tiefsten Ernste sprach, trat sie doch selbst dann nicht näher auf ihn zu. Wie verschieden war dies von ihrer früheren Gewohnheit und Wesen!

„Keine Hand kann die Uhr verfertigen, die uns die entschwundenen Stunden wieder schlagen soll, „sagte der Kärrner mit stillem, wehmütigem Lächeln; „lasst es dabei bewenden, meine Liebe: es wird das beste sein. Bald wird die Stunde schlagen, und es würde zu nichts führen, wenn wir mehr davon sprächen. Ich würde mit gerne Mühe geben, dir noch in einer schwereren Angelegenheit als diese gefällig zu sein."

„Ich habe mich deutlich gegen Euch ausgesprochen" , sagte der Kärrner, als er ihn bis zur Tür begleitete.

„Ganz gewiss" , gab Tackleton zur Antwort.

„Und Ihr werdet wohl auch nicht vergessen, was ich gesagt habe?" fragte John.

„Gewiss nicht" , versetzte Tackleton, dem eine andere Bemerkung auf der Zunge brannte, um deretwillen er jedoch zuerst Vorkehrungen traf, sich in seinen Wagen zu flüchten; – „je nun, da Ihr mich zwingt, diese Bemerkung zu machen, muss ich Euch auch sagen: das Ganze kam mir so unerwartet, dass ich es schon deshalb nicht vergessen werde!" „Um so besser für uns beide!" versetzte der Kärrner; „Gott befohlen, ich wünsche Euch viel Vergnügen!"

„Ich wollte, ich könnte es Euch auch wünschen!" sagte Tackleton; – „da dies aber nicht der Fall ist, so danke ich Euch schönstens. Unter uns gesagt, wie ich Euch, glaub' ich, schon vorhin bemerkte – hoffe ich darum nichtsdestoweniger recht viel Freude in meinem Ehestand zu erleben, weil Marie sich gar nicht zu sehr um mich bekümmert hat, oder allzu liebreich gegen mich gewesen ist. Lebt wohl, lasst's Euch nicht zu tief zu Herzen gehen!"

Der Kärrner blieb unter der Haustüre stehen und blickte ihm nach, bis er in der Ferne kleiner geworden war, als die Bandschleifen und Blumen seines Pferdes in der Nähe gewesen; dann ging er mit einem tiefen Seufzer, wie ein Mann, aus dessen gebrochenem Herzen alle Ruhe entschwunden ist, unter ein paar Ulmenbäumen in der Nähe auf und ab, und wollte nicht in sein Haus zurückkehren, als bis der Hammer der Uhr aushob, um die nächste Stunde zu schlagen.

Sein kleines Weibchen, das er allein zurückgelassen hatte, weinte jetzt bitterlich; aber oft trocknete sie sich wieder ihre Augen und tröstete sich mit dem Gedanken, wie gut und wie vortrefflich sein Herz sei; und einige Male lachte sie mitten unterm Weinen so herzlich, so fröhlich und unvermittelt auf, dass Tilly sich darüber ganz entsetzte.

„Ach, liebe Frau, weinen Sie doch nicht so, wenn's beliebt," sagte Tilly weinend; – „das reicht ja hin, den Kleinen umzubringen und zu begraben, wenn's gefällig ist!"

„Höre, Tilly!" fragte ihre Herrin, die Augen trocknend, – „willst du das Kind manchmal seinem Vater zum Besuche hierher bringen, wenn ich nicht mehr hier wohnen darf und in meine alte Heimat zurückgekehrt bin?"

„Au, reden Sie doch nicht so, wenn's beliebt!" rief Tilly, die nun ihren Kopf zurückwarf und in eine lautes Heulen ausbrach, das sie in diesem Augenblicke dem Heulen Boxers ganz ähnlich klang. – „Au, tun Sie doch das nicht, wenn's gefällig ist! Au, was hat denn jemands Ihnen getan, und was ist Ihnen mit jedermanns begegnet, dass Sie jedermanns so unglücklich machen wollen? Au, au, au!“

Die weichmütige Jungfer Döskopp brach bei diesen Worten in ein jämmerliches Geheul aus, das um so schallender und fürchterlicher war, weil sie es so lange unterdrückt hatte. Sie hätte unfehlbar das Kind aufgeweckt und so erschreckt, dass es ernste Folgen, ja vielleicht Krämpfe für den Kleinen nach sich gezogen haben würde, wenn ihr Blick in diesem Momente nicht auf Kaleb Plummer und seine blinde Tochter gefallen wäre, die eben ins Zimmer traten.

Dieser Anblick rief das Gefühl für Schicklichkeit wieder in ihr wach; sie stand mit offenem Munde einige Augenblicke stille, sprang dann auf das Bett zu, worin der Kleine eben schlief, rannte im Wirbel wie eine mit dem Veitstanze Behaftete in der Stube auf und ab und fuhr zur gleicher Zeit mit Kopf und Gesicht unter die Betttücher, was ihr offenbar zu nicht geringer Erleichterung diente.

„Wie, Marie?“ sagte Berta, „du bist noch nicht bei der Hochzeit?“

„Ich sagte ihr, Ihr würdet nicht hingehen, Madame,“ flüsterte Kaleb; „ich hörte gestern Abend so etwas. Aber so wahr ich lebe,“ sagte der kleine Mann, und drückte ihr zärtlich beide Hände, – „ich kümmere mich nicht im mindesten um das, was sie sagen. Ich bin zwar kein sonderlicher Held, aber fürwahr, was an mir ist, das soll man in Stücke reißen, wenn ich nur ein Wörtchen von dem glaube, was man gegen Euch vorbringt!“ Er legte ihr seine Arme um den Nacken und drückte sie so kosend und liebreich an sich, als nur ein Kind seiner Puppe begegnet.

„Berta konnte es heut früh nicht zu Hause aushalten,“ sagte Kaleb; – „ich weiß, sie kann die Glocken nicht läuten hören, und getraut sich selbst nicht, ihnen an ihrem Hochzeitstage so nahe zu sein. So brachen wir denn bei guter Zeit auf und kamen hierher. – Ich habe mir's nun genauer erwogen, was ich getan habe," setzte Kaleb nach einer kurzen Pause hinzu; – „Ich habe selbst mit mir gezankt und mich getadelt, bis ich mir nicht mehr zu helfen wusste, dass ich ihr soviel Kummer bereitet hatte. Nun bin ich zu dem Entschlusse gekommen, der auch wohl der beste sein wird, ihr alles zu sagen, wenn Ihr, liebe Madam, derweilen bei mir bleiben wollt. Nicht wahr, Ihr wollt meinem Geständnisse beiwohnen?" fragte er, am ganzen Leibe zitternd. – „Ich weiß zwar nicht, was für eine Wirkung es auf sie ausüben wird; ich weiß nicht, was sie alsdann von mir denken wird, und ob sie sich überhaupt nachher noch um ihren armen Vater wird kümmern wollen. Allein es ist am besten für sie, ich enttäusche sie jetzt, und so muss ich denn die Folgen tragen, wie ich sie verdient habe!"

„Marie," sagte Berta, – „wo ist deine Hand? Aha, hier ist sie! hier ist sie!" – Dabei führte sie sie an ihre Lippen, küsste sie lächelnd und nahm sie unter ihren Arm. – „Ich hörte gestern Abend, wie sie leise untereinander sprachen und einen Tadel auf dich warfen; aber gewiss, sie hatten unrecht!"

Des Kärrners Frau blieb stille, aber Kaleb antwortete für sie. „Sie hatten Unrecht!" sagte er.

„Ich wusste es wohl," rief Berta stolz; – „ich sagte es ihnen auch, ich verwies es ihnen mit Verachtung, dass sie mich auch nur ein Wörtchen davon ahnen ließen! Wie, sie wäre mit Recht zu tadeln?" rief sie, drückte Dots Hand in der ihrigen und zog ihre weiche Wange an ihren Mund; – „nein, nein, ich bin nicht so blind, um das zu glauben!"

Ihr Vater trat auf ihre eine Seite, während Dot auf der andern blieb und ihre Hand festhielt.

„Ich kenne Euch alle, „sagte Berta; – „ich kenne Euch besser als Ihr glaubt, aber niemand ist mir so vertraut wie sie, selbst Ihr nicht, Väterchen! Es ist an mir selbst nichts halb so wirklich und so wahr, als sie ist. Wenn ich in diesem Augenblick mein Gesicht wieder erlangen würde, ich wüsste sie aus einer ganzen Menschenmasse wieder herauszufinden, ohne dass sie auch nur ein Wort spräche! Liebe, gute Schwester!"

„Berta, mein liebes Kind!" hub Kaleb an, „ich habe etwas auf dem Herzen, das ich dir sagen möchte, solange wir drei noch allein beisammen sind. Höre mich freundlich an, denn ich habe dir ein schweres Geständnis zu machen, mein liebes Kind."

„Ein Geständnis, Vater?" fragte Berta.

„Ich bin vom Pfade der Wahrheit abgewichen und habe mich verirrt mein liebes Kind!" sagte Kaleb mit einer wahren Jammermiene in seinem schüchternen, scheuen Angesicht; – „ich bin vom Pfad der Wahrheit abgewichen, aus lauter Liebe zu dir, allein es hat sich erwiesen, dass ich dadurch grausam gegen dich gewesen bin."

„Grausam?" wiederholte sie und wandte ihr Gesicht zu ihm hin, voll der lebhaftesten Überraschung und Verwunderung. „Er klagt sich selber zu hart an, Berta," sagte Dot, – „du wirst ihm das auch sogleich sagen; du wirst die erste sein, die ihm das gerne zugesteht."

„Er sollte grausam gegen mich gewesen sein?" rief Berta mit ungläubigem Lächeln.

„Glaube es nur, mein liebes Kind!" sagte Kaleb, – „ich bin es wirklich gewesen, obwohl ich es niemals geglaubt hatte bis zum gestrigen Abend. – Höre mich an, meine liebe, blinde Tochter, und vergib mir! Die Welt, worin du lebst, mein liebes Herz, ist in Wirklichkeit nicht so, wie ich sie dir geschildert habe. Die Augen, auf die du dich verlassen hast, sind falsch für dich gewesen."

Sie hatte ihm bisher noch immer ihr höchst verwundertes Angesicht zugedreht; allein nun prallte sie zurück und hielt sich fester an ihrer Freundin.

„Dein Lebensweg war rau, mein armes Kind!" sagte Kaleb, „und ich hoffte ihn dir erträglicher zu machen und zu ebnen; daher habe ich dir Gegenstände verändert, das Wesen der Personen anders geschildert, die nie vorhanden gewesen sind, nur um dich glücklicher zu machen. Ich habe mancherlei vor dir verhehlt, habe dich manchmal absichtlich getäuscht und dich – verzeihe mir's Gott! – mit einer erdichteten Welt umgeben." „Aber lebendige Menschen sind keine Erdichtungen!" rief sie schnell, erbleicht plötzlich und zog sich noch weiter von ihm zurück, – „sie kann niemand verändern."

„Und doch habe ich es getan, Berta!" wandte Kaleb ein; – „besonders eine gewisse Person, die du kennst, mein Liebchen"

„O, Vater! ... Warum sagst du mir, ich kenne sie!" gab sie im Tone bittern Tadel zur Antwort; – „welche Gegenstände und Personen kann denn ich kennen, ich, die ich gar keinen Führer habe – ich, die ich so elend und blind bin?"

In ihrem tiefen Seelenschmerze streckte sie die Hände aus, als wollte sie sich ihren Weg durch Tasten suchen; dann barg sie das Gesicht mit verzweiflungsvoller Traurigkeit in die Hände. „Die Hochzeit, die heute gefeiert wird," fuhr Kaleb fort, – „gilt einem finstern, hartherzigen, filzigen, höhnischen Manne, der seit Jahren schon für dich und mich ein harter Brotherr war, mein Kind! Hässlich ist sein

Aussehen, wie sein Wesen; fühllos und kalt ist er von innen und außen, und dem Bilde ganz unähnlich, das ich dir von ihm entworfen habe, – ganz unähnlich in jedem Stücke."

„O Gott!" rief das blinde Mädchen, dessen tiefer Schmerz fast alles Maß überstieg, – „o warum hast du mein Herz mit so schönen Bildern und Begriffen angefüllt und kamst dann wie der Tod hinterdrein, um mir alles zu entreißen, was mir lieb und wert war? O großer Gott! warum bin ich denn blind! Warum so allein und hilflos!"

Ihr bekümmerter Vater senkte wehmütig den Kopf und hatte für sie keine Antwort, als seinen Kummer und seine Reue. Sie hatte sich erst ein kurze Weile diesem tiefen Seelenschmerzen hingegeben, als auf einmal das Heimchen auf dem Herde, für jedes andre Ohr als das ihrige unhörbar, zu zirpen anhub, aber nicht lustig und heiter, sondern leise, schwach, in einer schwermütigen Weise.

Es klang so wehmütig und klagend, dass es ihr Tränen zu entlocken begann, und als die Erscheinung, die während der ganzen Nacht bei dem Kärrner gewesen war, hinter sie trat und auf ihren Vater deutete, strömten ihre Zähren wie Regenstropfen. Sie hörte bald des Heimchens Stimme noch deutlicher, und sah trotz ihrer Blindheit, wie seine elfenhafte Gestalt ihren Vater umschwebte.

„Marie!" hub endlich die Blinde an und wandte sich an Dot, – „sag' mir doch, wie meine Heimat aussieht! Schildere sie mir, wie sie wirklich ist!"

„Es ist ein armseliges Obdach, – wirklich sehr ärmlich und kahl, Berta!" sagte Dot wehmütig; – „das Haus hält kaum noch einen Winter das Ungemach des Wetters von Euch ab. – Es ist so wenig gegen das Unwetter geschützt, liebe Berta!" setzte Dot leise und beklommen, aber mit heller Stimme hinzu, – „als dein armer Vater in seinem

Überrock von Sackleinwand!“ Jetzt stand das blinde Mädchen voll der tiefsten Rührung auf und zog das Frauchen des Kärrners an der Hand auf die Seite. „Und die Geschenke, die ich so sorgfältig aufbewahrte, die fast jedem meiner Wünsche auf dem Fuße folgten, die mich immer so hoch erfreuten, …“ fragte sie hastig und mit zitternder Stimme; – „von wem kamen sie? Hast du mir sie geschickt?“ Dot verneinte es.

„Wer denn sonst?“ fragte Berta.

Dot sah, dass sie es bereits erraten hatte und schwieg. Die Blinde bedeckte abermals das Gesicht mit den Händen, aber diesmal auf eine ganz andere Weise.

„Nur noch eine Frage, liebe Marie!“ sagte sie zu Dot; – „nur noch einen Augenblick schenke mir geduldiges Gehör! Komm, tritt wieder mit mir beiseite! Sprich leise mit mir. Ich weiß, du bist wahr, du wirst mich jetzt nicht täuschen wollen, nicht wahr?“ „O, gewiss nicht, Berta!“

„Ja, ich bin überzeugt, du könntest es nicht über dich gewinnen, Marie! Du hast viel zuviel Mitleid mit mir! Blicke jetzt über das Stübchen hinweg, in dessen Ecke wir nun stehen; schaue nach meinem Vater, der mir so gut ist und mich leidenschaftlich liebt! – und sage mir, was du an ihm siehst!“

„Ich sehe,“ sagte Dot, die sie im Augenblick begriff, – „ich sehe einen alten Mann, der in einem Stuhle sitzt, sich voll Betrübnis zurücklehnt und den sorgenvollen Kopf in die Hand stützt – gerade als ob ihn sein Kind trösten sollte, Berta!“

„Ja, ja, das wird es auch!“ sagte Berta schluchzend; – „aber weiter!

„Er ist ein alter Mann, von Kummer, Sorgen und Arbeit fast aufgerieben, gealtert von der Zeit,“ fuhr Dot fort; – „es ist ein schwacher, entmutigter, betrübter Greis mit grauen

Haaren. So sitzt er vor mir, – mutlos, gebeugt mit gebrochener Tatkraft. Aber ich habe ihn viel hundertmal zuvor gesehen, wie er aus allen Kräften und auf jede Weise auf ein großes, hehres Ziel hinarbeitete, und ich ehre und segne sein graues Haupt!"

Das blinde Mädchen sprang von ihr hinweg, warf sich vor dem alten Manne auf die Knie nieder und zog sein graues Haupt an seine gepresste Brust.

„Ich habe mein Augenlicht wiedergefunden! ich sehe ihn!" rief Berta; – „ich bin blind gewesen, aber nun sind meine Augen geöffnet! Zuvor habe ich ihn gar nicht gekannt. – Ach, wenn ich mir denke, ich wäre gestorben, ohne jemals meinen guten, treuen Vater, der mich so liebt, in seiner wahren Gestalt gesehen zu haben!" … .

Es gibt gar keine Worte für Kalebs tiefe Rührung. „O," rief die blinde Tochter und hielt ihn fest umschlungen, – „es gibt keine noch so schöne und edle Gestalt auf Erden, die ich so innig lieben und so von Herzensgrund aus verehren würde, als diese. Je grauer und gealterter dies Haupt, teurer Vater! desto wertvoller und lieber ist es mir. Lasst nun niemanden mehr sagen, ich sei blind! Es ist keine Furche in seinem Gesicht, keine Falte auf seiner Stirn, kein Haar auf seinem Haupte, das in meinen heißen Gebeten und in meinem Dank zum Himmel vergessen werden sollte!"

„O meine Berta!" war alles, was der gute Kaleb zu stammeln vermochte.

„Und in meiner Blindheit konnte ich glauben, er sei so ganz anders!" rief das Mädchen, und liebkoste ihn mit Tränen der innigsten, zärtlichsten Liebe. – „Und obwohl er Tag für Tag und Nacht für Nacht um mich war, und sich meiner stets so freundlich und wohlwollend annahm, ließ ich mir das doch niemals träumen!"

„Der schmucke, frische, kräftige Vater in seinem blauen Rocke, Berta!“ sagte der arme Kaleb; – „nun ist er verschwunden! nun ist's aus mit ihm!“

„Nichts ist verschwunden!“ gab sie ihm zur Antwort; – „nein, liebster Vater! nichts ist verschwunden! Alles, alles ist hier in dir! Der Vater, den ich so innig liebte, den ich doch niemals herzlich genug liebte und niemals ganz kannte, wie er ist! Der Wohltäter, den ich zuerst zu verehren und zu lieben begann, weil er solch warmes Mitgefühl für mich an den Tag legte – alles das ist hier in dir vereinigt. Nichts ist tot für mich. Der Inbegriff von alledem, was mir am liebsten und teuersten war, ist hier in diesen gealterten Zügen und diesem grauen Haar. Und ich, Vater, bin nun nicht länger blind!“

Dots ganze Aufmerksamkeit hatte sich während dieser Unterredung auf Vater und Tochter vereinigt, als sie aber nun nach dem kleinen Heumäher auf der maurischen Wiese blickte, sah sie, dass die Uhr binnen wenigen Minuten schlagen musste, und geriet deshalb sogleich in eine ungewöhnliche Aufregung. „Vater!“ sagte Berta zögernd; – „Marie!“ „Ja, mein Liebchen,“ versetzte Kaleb, „hier ist sie.“ „Nicht wahr, Vater,“ fragte Berta, „mit ihr ist keine Veränderung vorgegangen? Du hast mir von ihr nichts erzählt, was nicht buchstäblich wahr ist?“

„Ich fürchte fast, liebes Kind, ich hätte es getan, wenn ich sie hätte besser machen können, als sie zuvor war,“ gab Kaleb zur Antwort; – „allein ich würde sie nur zu ihrem Nachteil verändert haben, wenn ich sie überhaupt verändert hätte! An ihr gab's nichts zu verbessern, Berta.“

So vertrauensvoll auch das blinde Mädchen gewesen war, als sie diese Frage tat, so waren doch ihr Vergnügen und ihr Stolz über diese Antwort über alle Maßen groß, und es war reizend anzuschauen, wie sie jetzt Dot von neuem umarmte.

„Gleichwohl mögen noch mehr Veränderungen vor sich gehen, als du ahnen magst, meine Liebe," sagte Dot; – „allein es sind Änderungen zum Guten, Veränderungen, die einigen unter uns große Freude bereiten werden. Du musst nur darüber nicht zu sehr erschrecken, wenn sich irgendeine davon ereignen und dir nahe gehen sollte. Hörst du nicht Wagengerassel von der Straße her, Berta? Du hast ja ein gutes Gehör; vernimmst du keinen Wagen?"

„O ja," versetzte Berta, „er fährt rasch auf uns zu."

„Ich – ich – ich weiß, dass du ein gutes Gehör hast," sagte Dot und legte ihre Hand auf das Herz und sprach offenbar nur deshalb so hastig, als sie konnte, weiter, damit sie sein Pochen und ihre Aufregung verberge; – „ich weiß, dass du ein gutes Gehör hast, weil ich es selbst bemerkt habe, und weil du gestern Abend den fremden Schritt so schnell bemerktest, obgleich ich nicht weiß, warum du, wie ich mich noch erinnere, genau gehört zu haben, die Frage tatst: Wessen Schritt ist das? und warum du gerade diesen Schritt schneller erkanntest, als irgend einen andern. Allein wie ich dir soeben gesagt habe, es gehen noch mehr große Veränderungen in der Welt vor – sehr große Veränderungen – und wir können uns nicht besser darauf bereiten, als wenn wir uns vornehmen, über gar nichts mehr Erstaunen zu wollen.

Kaleb begriff durchaus nicht, was sie damit meinte, da er bemerkte, dass sie ebenso gut mit ihm, als mit seiner Tochter sprach. Zu seinem größten Erstaunen sah er sie so verwirrt und betroffen, und in solcher Aufregung, dass sie kaum mehr atmen konnte und sich an einem Stuhle halten musste, um nicht umzufallen.

„In der Tat, ich höre einen Wagen!" rief sie fast atemlos; – „er kommt immer näher! Jetzt ist er ganz nahe! und jetzt hört ihr ihn draußen an der Gartentür anhalten! Und nun hört ihr einen Schritt draußen vor der Türe – denselben Tritt wie gestern Abend, nicht wahr, Beta? – Und nun . ..." Sie stieß einen lauten Schrei unbeschreiblichen Entzückens aus, stürzte auf Kaleb zu und drückte ihm eben ihre Hände auf die Augen, als ein junger Mann ins Zimmer hereintrat, seinen Hut in die Luft schwang und mit einem gewaltigen Satze auf Dot zukam.

„Ist es vorbei?" rief Dot.

Der Ankömmling bejahte.

„Ist es glücklich vorübergegangen?"

„Ja."

„Erinnert Ihr Euch nicht mehr dieser Stimme, lieber Kaleb?" rief Dot; – „habt Ihr sie nicht schon früher einmal gehört?" „O ja!" meinte Kaleb zitternd, – „wenn mein Junge im goldenen Südamerika noch am Leben wäre!"

„Er ist am Leben!" rief Dot, nahm ihre Hände von seinen Augen und schlug sie vor Freude zusammen; – „seht ihn nur an! Seht wie er stark, gesund und wohlbehalten vor Euch steht! Es ist Euer eigner lieber Sohn! Es ist dein eigner teurer lebenskräftiger liebevoller Bruder, Berta!"

Gott segne das holde Geschöpf für ihr Entzücken! Alle Ehre für ihre Tränen und ihr Gelächter, als die drei einander mit ihren Armen umschlangen; Gott segne sie für die Herzlichkeit, womit sie den sonnegebräunten Seemanne mit seinem langen Haar auf halbem Weg entgegenkam und ihren rosigen, kleinen Mund nicht abwandte, sondern es füglich geschehen ließ, dass er sie küsste und an sein jubelndes Herz drückte!

Und Ehre sei auch dem Kuckkuck – und weshalb denn

nicht? – das er gerade jetzt aus dem Pförtchen des maurischen Palastes herausbrach wie ein Dieb und zwölfmal über die versammelte Gesellschaft hinkrähte, als ob er trunken vor Freude wäre! Der Kärrner, der eben eintrat, prallte zurück, und das musste er auch vor Überraschung, dass er so lustige Gesellschaft traf." Seht her, John!" rief Kaleb in jubelndem Entzücken; – „da blickt her! Mein Sohn aus dem goldenen Südamerika! Mein eigner lieber Sohn, den Ihr einst selbst zur Reise ausgestattet und weggesandt habt – ihn, dem Ihr stets ein so treuer Freund waret."

Der Kärrner trat vor und wollte seine Hand ergreifen; er bebte aber zurück, als irgend ein Zug seines Gesichts die Erinnerung an den tauben Mann im Karren in ihm erweckte, und rief:

„Edward! warst du es wirklich?"

„Nun erzähl ihm alles!" rief Dot; – „Erzähl ihm alles, Edward, und schont mich nicht, denn nichts in der Welt soll mich je wieder veranlassen, in seinen Augen einen Hehl zu haben." „Ja, ich war der Mann" , sagte Edward.

„Und du konntest dich verkleidet in das Haus deines alten Freundes stehlen?" hub der Kärrner von neuem an, – „es gab einst einen offenen, braven Jungen – wie viele Jahre sind's schon her Kaleb, dass wir ihn für tot ausgeben hörten und es für erwiesen glaubten? – der das nie getan haben würde!" „Ich hatte einst einen edelmütigen Freund – ja er war mir mehr ein Vater als ein Freund!" versetzte Edward; – „der niemals mich oder einen andern Menschen ungehört verurteilt haben würde. Der waret Ihr, und darum bin ich überzeugt, Ihr werdet mich auch jetzt anhören."

Der Kärrner warf einen verlegenen Blick auf Dot, die sich noch immer in einiger Entfernung von ihm hielt und versetzte: „Allerdings! das finde ich ganz in der Ordnung; ich werde Euch anhören!"

„Ihr müsst wissen, John," sagte Edward, – „dass ich zu der Zeit, wo ich, fast noch ein Knabe, diesen Ort verließ, eine Liebschaft hier hatte, und dass Mädchen meiner Wahl meine Liebe erwiderte. Das Mädchen war damals noch ein gar junges Ding, das vielleicht (wie Ihr mir entgegnen könntet) nicht einmal wusste, wie es um ihr Gemüt beschaffen war. Aber ich kannte meinen Sinn und hegte eine innige Neigung zu ihr."

„Das hattest du?" rief der Kärrner; – „ist das möglich?"

„Ja, ich hatte es," versetzte der andere; – „und sie erwiderte meine Neigung. Seither hatte ich es wenigstens immer geglaubt, aber nun bin ich meiner Sache gewiss."

„Gott helfe mir," rief der Kärrner; – „das ist noch das Schlimmste von allem!"

„Ich war ihr getreu geblieben," fuhr Edward fort; – „und kehrte nach manchen Mühsalen und Gefahren erst neulich zurück, um unsern alten Kontrakt wenigstens für meinen Teil zu erfüllen. Da hörte ich, zwanzig Meilen von hier, sie sei falsch gegen mich gewesen, sie habe mich vergessen und sich selber einem andern reicheren Mann an den Hals geworfen. Es fiel mir nicht ein, sie deshalb zu tadeln; allein ich wollte sie wenigstens sehen und es über allen Zweifel erheben, falls dies wahr wäre. Ich hoffe noch immer, sie sei gegen ihren eigenen Wunsch und Willen dazu genötigt worden. Es wäre zwar nur ein geringer Trost gewesen, aber ich hielt es doch jedenfalls für einen Trost und reiste hierher. Um die Wahrheit, die ganze Wahrheit desto eher zu erfahren, um selbst ungezwungen beobachten und selber über das Verfahren meines Liebchens urteilen zu können, ohne einerseits ihr gegenüber behindert zu sein und ohne anderseits einen Einfluss (wenn ich noch irgend welchen auf sie hatte) geltend zu machen, verkleidete ich mich – Ihr wisst ja wie, und wartete an der Straße – Ihr wisst ja wo. Ihr schöpfet nicht den mindesten Argwohn, und sie" – setzte er auf Dot deutend hinzu – „sie ebenso wenig, bis ich ihr hier an diesem Herde meinen Namen ins Ohr flüsterte, und sie mich beinahe verraten hätte."

„Als sie aber erfuhr, dass Edward noch am Leben und zurückgekommen war," schluchzte Dot, die nun ihrerseits den Faden der Erzählung aufnahm, wonach sie sich schon während seiner ganzen Rede ordentlich gesehnt hatte, – „und als sie seine Absicht erfuhr, riet sie ihm selber, unter allen Umständen sein Geheimnis für sich zu behalten, denn sein alter Freund John Peerybingle war allzu offen in seinem geraden, schlichten Wesen und zu linkisch für jede Art von feinerem Kunstgriff – da er überhaupt ein etwas täppischer Bursche ist!" schaltete Dot halb lachend, halb weinend ein: – „sie riet ihm, sein Inkognito für sich zu behalten. Und als sie – das bin ich nämlich, John" , – schluchzte das hübsche Weibchen, – „alles erzählt hatte, und dass ihn sein Liebchen längst für tot gehalten, und wie sie in letzter Zeit von ihrer Mutter zu einer Heirat überredet worden war, die das närrische alte Frauchen vorteilhaft nannte, und als sie – das bin ich nämlich, John – ihm sagte, dass sie noch nicht verheiratet seien, wiewohl es hart daran war, und dass es jammerschade wäre, wenn die Sache wirklich zustande käme, da von ihrer Seite keine Liebe dabei sei, und als er vor Freuden fast närrisch wurde, da er das hörte, so sagte sie – das war ich nämlich, John! – sie wolle sich ins Mittel schlagen, wie sie es schon in alten Zeiten oft getan, John, und wolle sein Liebchen ausforschen, und er dürfte überzeugt sein, dass alles, was sie tue, – ich nämlich,

John – recht besorgt werde. Und es wurde recht besorgt, John! und sie wurden getraut, John! just vor einer Stunde und hier ist die Braut! Und Gruff und Tackleton mag als Junggesell Affen in die Hölle führen und ich bin ein glückliches Weibchen, Maria, so wahr mir Gott helfe!"

Sie war auch ein unwiderstehliches Weibchen, wenn das irgend hierher gehört, und niemals so unwiderstehlich, als gerade in ihrem jetzigen Freudenrausche. Man hat gewiss noch keine so herzlichen und aufrichtigen Glückwünsche gehört, als jene, die sie an sich und das Bräutchen verschwendete. In diesem Tumulte von Gefühlen und Gemütsbewegungen in seiner Brust war der ehrliche Fuhrmann ganz betroffen dagestanden; als er jetzt auf Dor zueilen wollte, wehrte sie ihn mit ausgestreckter Rechten ab und trat abermals einen Schritt zurück.

„Nein, John, nein! höre nur alles. Liebe mich nicht eher wieder, als bist du alles gehört hast, was ich dir noch zu sagen habe. Es war unrecht von mir, dass ich ein Geheimnis vor dir hatte, John. Ich bereue es aufrichtig. Ich ahnte nicht, dass es zu etwas Bösem führen werde, als bis ich gestern Abend nach Hause kam und neben dir auf dem kleinen Stuhl saß und in deinen Zügen lesen musste, dass du mich mit Eduard in dem Gange bei Tackleton hattest auf und ab gehen sehen; damals wusste ich, was du dachtest, und fühlte, wie töricht und unrecht ich gehandelt hatte. Aber ach, John, lieber John! wie konntest, wie mochtest du so von mir denken!"

Armes Weibchen, wie sie nun wieder schluchzte! John Peerybingle wollte sie in seine Arme schließen, doch nein, sie duldete es noch nicht.

„Liebkose mich noch nicht, lieber John! Bezwinge dich noch eine Weile! Wenn mich diese beabsichtigte Heirat betrübe, mein Lieber, so geschah es nur, weil ich wusste, dass Marie und Edward schon so lange ein Paar waren, und weil ich wohl ahnte, dass ihr Herz nicht bei Tackleton war. Glaubst du mir das nun, John? Glaubst du es?"

John wollte ihr abermals seine Antwort bringen, aber sie wehrte ihn ab.

„Nein" , rief sie, – „bleibe dort, lieber John! wenn ich über dich lache, wie ich bisweilen wohl tue, John! Wenn ich dich täppisch nenne und meinen lieben alten Tollpatsch u. dergl., so geschieht's doch nur, weil ich dir so gut bin, John, und weil ich soviel Gefallen an deiner Weise habe, und weil ich dich um kein Tüpfelchen anders sehen möchte, und wenn du morgen ein König werden solltest!"

„Hurra!" rief Kaleb mit ungewöhnlicher Kraft, – „das ist auch meine Ansicht."

„Und wenn ich von älteren, gesetzten Leuten rede, John, und behaupte, wir seien ein ungleiches Paar und gehen in ungleichem Schritte, so geschieht es nur, weil ich noch so ein törichtes, junges Ding bin, John, dass ich manchmal mit unserm Kleinen gar Komödie spiele und ungereimtes Zeug schwatze! ..."Sie sah, dass er jetzt kommen wollte und wehrte ihn abermals ab; – allein es war fast schon zu spät dazu.

„Nein, John! Verschiebe deine Liebkosungen mir zu Gefallen nur noch ein paar Minuten!" rief sie; – „was mir am meisten am Herzen lag, das habe ich bis zu guter Letzt aufgespart. Mein lieber, guter, edler John, als wir neulich abends vom Heimchen sprachen, da lag mir's schon auf den Lippen, dir zu gestehen, dass ich dir früher nicht so herzlich gut war, wie jetzt: dass ich damals, als ich zum erstenmal dein Haus betrat, mich halb fürchtete, ich könnte dir nicht so gut sein, als ich es zu sein wünschte und vom

Himmel erflehte, weil ich noch so jung war, John. Allein, lieber John, ich gewann dich mit jedem Tag und mit jeder Stunde lieber, und wenn es irgend möglich wäre, dass ich dich noch lieber gewänne, so wären die edlen Worte daran schuld, die ich dich heute früh aussprechen hörte. Allein es ist nicht möglich, denn alles, was ich an Liebe in meinem Busen hatte (und es ist eine hübsche Summe, John) das habe ich dir schon lange, lange gegeben, wie du es verdienst, und ich habe dir nun nichts mehr zu bieten. Und nun, mein lieber Mann, nimm mich wieder an dein Herz, das ist meine Heimat, John! und du wirst gewiss niemals wieder daran denken, mich hinwegzusenden!"

Ihr würdet gewiss niemals so inniges Vergnügen darin gefunden haben, ein niedliches, junges Weibchen in den Armen eines dritten zu sehen, als wenn ihr dem Auftritte beigewohnt hättet, wie Dot sich in die Arme des Kärrners warf. Es war das vollendetste, lieblichste, herzerfreuendste Bild häuslichen Glückes, das ihr euer Leben lang gesehen habt.

Ihr dürft mir's glauben, der Kärrner war ganz närrisch vor Entzücken, und Dot war es nicht minder, und alle andern waren es ebenfalls, selbst Miss Döskopp mit eingeschlossen, die nun vor Freude überlaut weinte, und in dem Wunsche, ihren jungen Pflegebefohlenen an dem allgemeinen Austausch von Glückwünschen teilnehmen zu lassen, das kleine Wickelkind allen der Reihe nach herumbot, als ob es etwas zu trinken gewesen wäre.

Nun hörte man abermals draußen einen Wagen vor die Türe haranrasseln und einer der Anwesenden rief, Gruff und Tackleton käme zurück. Alsbald erschien auch wirklich besagter Herr mit ungewöhnlicher Eile und sah sehr erhitzt und betroffen aus.

„Was zum Teufel ist denn das, John Peerybingle?" rief Tackleton; – „da muss ein Irrtum obwalten. Ich verabredete mit Mrs. Tackleton, sie solle mich an der Kirche treffen und ich will darauf schwören, ich begegnete ihr auf der Landstraße, wie sie hierher fuhr. Aha, da ist sie ja! Bitte euch um Verzeihung, Sir, habe nicht das Vergnügen, Sie zu kennen; allein Sie müssen mir schon den Gefallen tun, die Gesellschaft dieser jungen Dame vorerst zu entbehren, da sie heute morgen noch ein wichtiges Geschäft abzumachen hat!"

„Ich kann sie aber nicht entbehren," versetzte Edward; – „kein Gedanke daran, dass ich sie auch nur eine Minute aus den Augen lasse!"

„Was wollt Ihr damit sagen, Ihr Schlingel?" rief Tackleton. „Ich will damit sagen," entgegnete der andere lächelnd, „dass ich Ihrem Ärger und Ihrer Verblüffung recht wohl Rechnung zu tragen weiß, und daher für jede Schimpfrede heute früh so taub sein werde, als ich gestern Abend für jede Rede überhaupt war!"

Ihr hättet sehen sollen, was für einen Blick Tackleton auf ihn warf und wie er plötzlich zurückprallte!

„Es tut mir leid, Sir," fuhr Edward fort, und hielt Marias linke Hand und besonders den Goldfinger in die Höhe: – „es tut mit leid, dass die junge Dame nicht mit Ihnen zur Kirche gehen kann; da sie aber heute früh schon einmal dort war, werden selbst Sie sie vielleicht entschuldigen!"

Tackleton blickte schnell auf Marias Goldfinger und nahm ein kleines Stückchen Seidenpapier, das offenbar einen Ring enthielt, aus seiner Westentasche.

„Miss Döskopp," sagte er zu Tilly, – „wollt Ihr so gut sein, das da ins Feuer zu werfen? So! ich danke Euch."

„Es war ein altes Verlöbnis, ein sehr alter Vertrag, der meine Frau abhielt, Ihnen Wort zu halten – mein Wort darauf!“ sagte Edward.

„Mr. Tackleton wird mir wenigstens die Rechtfertigung angedeihen lassen, zu bemerken, dass ich es ihm unumwunden gestanden, und dass ich ihm gar vielmals gesagt habe, dass ich niemals vergessen könnte!“ sagte Maria errötend.

„O gewiss, ganz gewiss!“ sagte Tackleton; – „allerdings. Es ist ganz recht, alles in Ordnung. Mrs. Edward Plummer vermutlich?“

„So heißt sie jetzt“ , entgegnete der Bräutigam.

„Aha, kaum hätte ich Sie wieder erkannt, Sir“ , sagte Tackleton, der ihm scharf und forschend ins Gesicht geblickt hatte, mit einer tiefen Verbeugung. „Meinen herzlichen Glückwunsch, Sir!“

„Danke schön.“

„Mrs. Peerybingle!“ sagte Tackleton, und drehte sich rasch nach dem Orte um, wo diese mit ihrem Gatten stand, – „es tut mir leid. Sie haben mir zwar keinen großen Gefallen erwiesen, aber auf Ehre, es tut mit leid; Sie sind wahrlich besser, als ich glaubte. John Peerybingle, er tut mir leid. Ihr versteht mich schon; das genügt für uns. `s ist alles in Ordnung, meine Damen und Herren, und zu allgemeiner Zufriedenheit ausgefallen. Guten Morgen!“

Mit diesen Worten entfernte er sich und fuhr fort und davon, nachdem er sich vor der Türe nur noch so lange aufgehalten, bis er seinem Pferde die Blumen und Bänder vom Kopfe genommen und dem Tiere einen Rippenstoß gegeben hatte, um ihm bemerklich zu machen, dass bei der ganzen Sache doch eine Schraube verloren gegangen sei, wie er zu sagen pflegte. Natürlich war es jetzt eine ernste Aufgabe, diesen Tag noch auf eine so würdige Art zu begehen, dass er im Peerybinglischen Hauskalender für ewige Zeiten ein hohes Jubelfest bezeichnen konnte. Deshalb macht sich Dot auch alsbald dran, ein Festmahl zu bereiten, das unsterblichen Ruhm auf das Haus und jeden seiner Gäste zurückstrahlen könnte, und in sehr kurzer Zeit steckte sie bis über die Ellenbogengrübchen im Mehl und machte jedes Mal, sooft John in die Nähe kam, einen weißen Tupfen auf seinem dunklen Rock, um ihn vom Küssen abzuhalten. Der gute Bursche wusch das Gemüse und schälte die Rüben, und zerschlug die Teller und setzte die eisernen Töpfe mit kaltem Wasser zum Feuer und machte sich auf jede möglich Weise nützlich, während ein paar gelernte Köchinnen, die man eilends irgendwo in der Nachbarschaft aufgetrieben hatte, auf Tod und Leben unter allen Türen und um alle Ecken aneinander rannten; und jedermann stolperte allerwärts über Tilly Döskopp und den Kleinen.

Es war dies eine Glanzperiode in Tillys Leben, und ihre Allgegenwart der Gegenstand allgemeiner Bewunderung. Fünfundzwanzig Minuten nach zwei Uhr war sie ein Stein des Anstoßes im Hausflur, mit dem Schlag halb drei ein Fallstrick in der Küche, und fünfundzwanzig Minuten vor drei Uhr eine Schlinge im Dachstübchen. Der Kopf des Wickelkindes war gewissermaßen eine Art Probierstein für alle Arten animalischer, vegetabilischer und mineralischer Stoffe, und es gab kein Gerät im ganzen Hause, mit dem ihn nicht zu gewissen Zeiten Tilly Döskopp in die nächste Berührung gebracht hätte.

Alsdann ward eine große Deputation zu Fuße ausgeschickt, um Mrs. Fielding aufzusuchen, vor der trefflichen Dame Reu und Leid zu bezeigen und sie im Notfall mit Gewalt hierher zu bringen, damit sie sich freue und vergebe.

In dem Augenblick freilich, wo die Deputation besagte Dame auffand, wollte sie auf gar keine Vorschläge hören, sondern beklagte es nur unzählige Male, dass sie diesen Tag habe erleben müssen, und konnte nichts anderes sagen, als: „Nun tragt mich nur in mein Grab!" was freilich höchst ungereimt klang, da sie weder tot noch sonst etwas dergleichen war.

Nach einiger Zeit versank sie in einen Zustand fürchterlicher Ruhe und bemerkte, sie habe schon damals, als sich jenes unglückliche Zusammentreffen von Umständen im Indigohandel begeben, vorausgesehen, dass sie ihr Leben lang mit jeder Art von Schmach und Kränkung zu kämpfen haben werde; sie sei nun froh, dass dieser Fall eingetroffen und bitte nur, man solle sich nicht ferner um sie bemühen – denn was sei sie auch! Du lieber Gott, nur ein Nichts! ein Garnichts! – Man solle ganz vergessen, dass sie lebe, und die eigensinnigen jungen Leute sollen ihren Lebensweg nur ohne sie gehen.

Aus dieser bitter sarkastischen Stimmung ging sie in eine sehr zornige über, worin sie die merkwürdige Äußerung zum besten gab, der Wurm krümme sich, wenn man auf ihn trete, und hernach schmolz sie in eine sanfte Wehmut und meinte, wenn man sich ihr nur anvertraut hätte, sie hätte gewiss manch guten Rat geben können! –

Die Deputation benützte diese Krisis in ihren Gefühlen, um die alte Dame zu umarmen, und sie hatte bald darauf ihre Handschuhe an, um sich in einem Zustande untadelhafter Vornehmheit nach John Peerybingles Hause auf den Weg zu machen, wobei sie nicht vergaß, ein Päckchen in Papier mitzunehmen, das eine Staatshaube – fast so steif und so hoch als eine Bischofsmütze – enthielt.

Endlich sollten auch noch Dots Vater und Mutter in einem andern Wagen ankommen, und blieben so lange über die anberaumte Zeit aus, dass man bereits Befürchtungen hegte und häufig nach ihnen aus dem Fenster die Straße hinabschaute. Mrs. Fielding sah jedes Mal in der falschen und positiv unmöglichen Richtung nach ihnen hinaus und meinte, als man sie darauf aufmerksam machte, es werde ihr doch wohl erlaubt sein, hinzuschauen, wohin es ihr beliebe. Endlich kamen sie, ein kugelrundes Pärchen, das in jener gemütlichen, behaglichen Weise daherfuhr, die nur der Familie Dot eigen zu sein schien; und es war wunderbar anzusehen, wenn man Dot und ihre Mutter nebeneinander stellte, wie aufs Haar ähnlich sie einander waren.

Alsdann musste Dots Mutter ihre Bekanntschaft mit Marias Mutter wieder erneuen, und Marias Mutter steifte sich immer auf ihre vornehme Abkunft, während Dots Mutter sich auf nichts steifte, als auf ihren rührigen kleinen Fuß. Und der alte Dot – d.h. Dots Vater, ich vergaß, dass es nicht sein rechter Name war, aber es tut nichts zur Sache! – nahm sich die Freiheit, beim ersten Anblick der alten Dame die Hand zu drücken, und schien eine Staatshaube für nichts anderes zu halten als für etwas Stärke und Musselin und bekam gar keinen Respekt vor dem Indigohandel, sondern meinte, da sei nicht mehr zu helfen; kurzum, er war nach Mrs. Fieldings Ansicht eine recht gute Haut, aber sehr pöbelhaft, sehr gemein!

Für alles Geld der Welt hätte ich Dot – des Himmels Segen auf ihr hübsches Gesicht! – nicht dabei vermissen mögen, wie sie die Honneurs des Hauses in ihrem Hochzeitskleide machte, oder gar den guten Kärrner, der so fröhlich und freudestrahlend am Tische saß. Oder gar den braunen, kräftigen Seemann und sein hübsches Weibchen, oder irgend ein Glied der ganzen Gesellschaft. Um das Essen gekommen zu sein, das hieße ein so lustiges und kräftiges Mahl versäumen, als irgend aufgetragen werden konnte; und der herbste Verlust von allen wäre gewesen, wenn man die schäumenden Becher versäumt hätte, womit die Gäste das Wohl des jungen Paares tranken und den Hochzeitstag hochleben ließen.

Nach Tische sang Kaleb das Lied von dem funkelnden Becher, und so wahr ich lebe und noch ein paar Jährchen länger zu leben hoffe, diesmal sang er es ganz bis zu Ende.

Und gerade als er mit dem letzten Vers zu Ende war, ereignete sich die unerwartete Begebenheit des ganzen Tages. Es wurde nämlich an die Tür geklopft und ehe man „herein" rufen konnte, stolperte ein Mann in die Stube, der etwas Schweres auf dem Kopfe trug; er setzte es in der Mitte des Tisches nieder, genau zwischen den Teller mit Nüssen und den Teller mit Äpfeln hinein, und sagte:

„Mr. Tackletons Empfehlung und da er nun den Kuchen nicht mehr braucht, würdet Ihr vielleicht so gut sein, ihn zu essen!" Mit diesen Worten stolperte er wieder hinaus.

Ihr mögt euch wohl denken, dass sich die Gesellschaft darüber nicht wenig verwunderte. Mrs. Fielding, die eine Dame von ungemeinem Scharfsinn war, stellte gar die Vermutung auf, der Kuchen sie vergiftet, und erzählte eine lange Geschichte von einem Kuchen, der im Kreise ihrer eigenen Bekanntschaft alle jungen Damen einer Pension in Blaustümpfe verwandelt hätte. Sie war übrigens durch Zuruf überstimmt und der Kuchen mit großer Feierlichkeit und Freude durch Maria angeschnitten.

Ich glaube wahrlich, es hatte ihn noch niemand versucht, als schon wieder an die Tür geklopft wurde und derselbe Mann abermals erschien, und diesmal mit einem großen Paket in braunem Papier unter dem Arme.

„Mr. Tackletons Empfehlung“ , rief er hastig, – „und hier sendet er ein paar Spielsachen für den Kleinen; sie seien gar nicht hässlich!“

Sobald er sich des Auftrags erledigt, entfernte er sich wieder.

Es würde der ganzen Gesellschaft schwer geworden sein, Worte für ihre Überraschung zu finden, selbst wenn sie Zeit dazu gehabt hätte, allein dies war durchaus nicht der Fall, denn der Bote hatte kaum die Tür hinter sich zu gemacht, als von neuem angepocht wurde und diesmal Herr Tackleton in eigener Person hereintrat.

„Mrs. Peerybingle!“ sagte der Spielwarenhändler, den Hut in der Hand; – „es tut mir leid: ich bedaure es noch herzlicher als heute früh. Ich habe inzwischen Zeit gehabt, darüber nachzudenken. John Peerybingle, ich bin von Natur aus ein sauertöpfischer Kerl, allein ich muss unwillkürlich mehr oder minder milder gestimmt werden, wenn ich mit einem Menschen in Berührung komme, wie Ihr. – Kaleb! dies törichte kleine Kindsmädchen da gab mir gestern Abend einen beiläufigen Wink, zu dem ich seither den Schlüssel gefunden habe. Ich schäme mich nun bei dem Gedanken, wie leicht ich Euch und Eure Tochter mit hätte verbinden können, und wie fürchterlich blödsinnig ich war, als ich Berta dafür hielt! Liebe Freunde samt und sonders, mein Haus ist heute Abend sehr öde und einsam; ich habe nicht einmal ein Heimchen auf dem Herde, ich habe sie alle verscheucht. Habt Mitleid mit mir, und lasst mich in eurer munteren Gesellschaft verweilen!“

Er war in fünf Minuten hier wie zu Hause; ihr habt euer Lebtage keinen so kuriosen Kauz gesehen! Was machte er nur sein Leben lang mit sich begonnen haben, dass er sich nie zuvor seiner großen Anlage zur innigsten Lustigkeit bewusst geworden war! Oder was hatten die Elfen mit ihm begonnen, um eine solche Veränderung bei ihm hervorzurufen!

„Nicht wahr, John," flüsterte Dot, – „du willst mich heute Abend nicht mehr nach Hause schicken?"

Trotzdem war er nahe genug dran gewesen!

Es fehlte nur noch ein einziges lebendes Wesen, um die Gesellschaft vollzählig zu machen, und in einem Nu war Boxer bei der Hand: recht durstig von raschen Laufen und von vergeblichen Bemühungen, seinen Kopf in einen schmalen Wassereimer zu zwängen. Er hatte zwar den Wagen bis ans Ziel seiner Tagesreise begleitet, war aber sehr ungehalten gewesen über die Abwesenheit seines Herrn und merkwürdig rebellisch gegen seinen Stellvertreter. Nachdem er einige Zeit im Stall herumgelungert war und vergebens versucht hatte, den alten Gaul zu eigenmächtiger rebellischer Umkehr auf eigenen Faust zu veranlassen, war er in die Schenkstube gewandert und hatte sich vor dem Feuer niedergestreckt. Als er aber plötzlich zu der Überzeugung gekommen war, dass mit dem Stellvertreter doch nicht viel anzufangen sei, und er verlassen werden müsse, war er plötzlich aufgesprungen, hatte Kehrt gemacht und sich nach Hause begeben.

Am Abend gab es gar noch ein Tänzchen. Ich könnte mich freilich mit der allgemeinen Erwähnung dieses Vergnügens begnügen, hätte ich nicht allen Grund zu der Vermutung, dass es ein ganz origineller Tanz und eine höchst ungewöhnliche Tanzweise gewesen sei, die an diesem Abende aufgeführt wurde.

Edward, der Seemann – ein gar kecker, hübscher, herzhafter Kerl – hatte ihnen schon verschiedene Wunder von Papageien, Bergwerken, Mexikanern und Goldstaub erzählt, als er sich's auf einmal in den Kopf setzte, von seinem Stuhle aufzuspringen und ein Tänzchen vorzuschlagen, denn Bertas Harfe war bei der Hand, die sie so gut zu spielen wusste, dass es eine wahre Freude war.

Dot, die eine allerliebste, schelmische Bescheidenheit an sich hatte, wenn sie's darauf anlegte, meinte nur, weil der gute Kärrner mit der Pfeife im Munde dasaß und es ihr am meisten Vergnügen machte, hier neben ihm zu sitzen. Mrs. Fielding hatte nun natürlich keine andere Wahl, als ebenfalls zu sagen ihr Tanzzeit sei auch vorüber, und das sagten denn alle außer Maria, die gleich dabei war.

So machten sich Maria und Edward dran, unter großem Applaus ein Tänzchen zu wagen, und Berta spielte ihre lieblichste Weise.

Nun geschah's aber – ihr dürft mir's aufs Wort glauben – dass, ehe sie noch fünf Minuten getanzt hatte, der Kärrner plötzlich seine Pfeife wegschleuderte, Dot um den Leib packte, in die Stube hineinsprang und mit ihr, ganz verwunderlich, Absatz und Fußspitze drehend, im Kreise herumfuhr wie eine Wetterfahne. Tackleton sieht dies nicht sobald, so hüpft er zu Mrs. Fielding hinüber, fasst sie um den Leib und walzt wie der Blitz hinterdrein. Kaum gewahrt das der alte Dot, so hüpft er wie ein Frosch in die Höhe, zerrt die alte Mrs. Dot mitten in den Tanz hinein und führt den Reigen wie ein Junger. Wie das Kaleb sieht, fasst er Tilly Döskopp bei beiden Händen, und fort geht's mit ihr wie ein Wirbelwind; Tilly Döskopp ist des festen Glaubens, dass dies erst der Gipfelpunkt des Tanzvergnügens sei, wenn man sich unverzagt unter die tanzenden Paare hineinmische und möglichst viel Püffe an sie austeilte oder von ihnen hinnehme. Horch, wie das Heimchen mit seinem Zirp-Zirp-Zirp in die Musik einfällt und wie der Kessel summt!

Aber was ist denn das? Gerade wie ich ihnen noch voll Vergnügen zuhöre und mich nach Dot umdrehe, um noch einen Blick von ihrer hübschen runden Figur zu erhaschen, die mir so wohlgefällt, da ist sie samt den übrigen in Luft zerronnen, und ich bin hier allein.

Ein einsames Heimchen zirpt auf dem Herde, ein zerbrochenes Kinderspielzeug liegt am Fußboden, und nichts sonst ist zurückgeblieben!

Zeitfracht Medien GmbH
Ferdinand-Jühlke-Straße 7
99095 Erfurt, Deutschland
produktsicherheit@kolibri360.de

Druck:
CPI Druckdienstleistungen GmbH
im Auftrag der
Zeitfracht Medien GmbH
Ein Unternehmen der Zeitfracht - Gruppe
Ferdinand-Jühlke-Str. 7
99095 Erfurt